DAVID SUR ORDONNANCE

W0416105

DU MÊME AUTEUR

Plus petit que moi tu meurs, HB Editions, 2004.
Ne rend pas la monnaie, HB Editions, 2005.

© ACTES SUD, 2006
ISBN 2-7427-5902-6

Photographie de couverture :
© Richard Bradbury / Getty Images, 2006

PASCALE FERROUL

DAVID SUR ORDONNANCE

roman

BABEL NOIR

Mais le malheur semble avoir le don de vous faire oublier qu'il y a autre chose, ce qui est probablement aussi bien, du point de vue du malheur, sinon on ne pourrait pas le supporter. Parfois on est déprimé, et à d'autres moments on est déprimé. (...) Pour le pire et pour le pire.

MARTIN AMIS, *London Fields.*

Je suis une star instantanée : ajoutez un peu d'eau et buvez.

DAVID BOWIE*

* Citation extraite du *Guide MusicBook* d'Hervé Guilleminot, éditions L'Etudiant, 2001, p. 107.

REMERCIEMENTS

A Zoé – “Zowie”.

A Christian, témoin épatant et généreux.

A Rémy, précieux agent de liaison.

A Luc (providentiel), Antoine et Martin, les trois médecins…

A Salomé pour sa compétence et sa disponibilité.

A Paola (qui ne veut surtout pas être traitée d’ange, mais…).

A Jacques Salomé pour la bénédiction donnée à Sablet.

Et aussi à mon Rémi.

PRÉLUDE

Quand j'ai découvert Bowie, j'ai enlevé tous les tableaux qui n'allaient pas avec ses chansons. Ma vie entière a changé. J'ai quitté Auchan pour créer ma propre formation musicale. J'en suis devenue la chanteuse (après avoir essayé la batterie).

...

Si tu mets une cassette de David Bowie, interdiction de faire autre chose. Ce serait insultant (pour lui, pour tous les gens comme lui). Pas question de grignoter en même temps, de tricoter ou de répondre au téléphone.

...

En plus, David est le seul artiste qui ne devienne pas ridicule quand on le rembobine.

...

Même quand il ne chante pas, il chante. Entre les morceaux, il parle et sa voix swingue, elle swingue vraiment.

...

Dix fois que j'écoute le même enregistrement sans réussir à percevoir où je me suis trompée.

Certains individus que l'existence a rendus fous ont décidé de l'être plus encore : ils veulent soigner les fous. J'exagère... Etudiante, j'avais une vraie vocation. J'ai été reçue simultanément à l'internat du Sud et du Nord, je n'ai donc eu qu'à choisir. Mais pourquoi ai-je pris le Nord ?

Heureusement, après ma thèse, j'ai obtenu ce poste dans le Midi. Je me souviens encore du premier matin où, émergeant d'une nuit de voyage, j'ai déboulé dans la garrigue sous un soleil magique. J'avais quitté l'autoroute pour prendre un café dans un village, un café servi dans un petit verre. Les gens parlaient d'aller se baigner dans la rivière. Je me suis dit : tiens, je viens de découvrir une nouvelle planète.

Aujourd'hui, où est passé mon optimisme ? Voici un indice : j'apprends qu'une association américaine veut aider les enfants atteints de maladies incurables à réaliser leurs rêves les plus délirants et je pense "on n'a donc pas appris à ces enfants la valeur du renoncement" ?

La vérité est que ma carrière hospitalière ressemble à un plan incliné : tous les autres au sommet et moi au niveau du sol (parce qu'il n'existe pas de sous-sol). Je n'ai jamais saisi les occasions de promotion, jamais cherché les soutiens utiles. Aujourd'hui j'ai peur que ma foi ne s'émousse, qu'elle n'expire en douce comme un passeport au fond d'un tiroir.

Quand on renonce à une carrière, c'est souvent pour privilégier sa vie privée. Pas dans mon cas. J'ai rayé l'amour de mes projets. L'amour est un sentiment ridicule qui coiffe au poteau tous les autres sentiments ridicules. Parfois, je sens ses effluves. Alors je réfléchis et je cesse de respirer.

J'ai longtemps cru que vivre sans amour, c'était vivre en deçà de ses possibilités. Mais l'amour n'est pas une possibilité. Il est tout ou rien. En plus c'est une discipline où je ne fais aucun progrès. Ce que j'ai déjà compris ne m'aide pas à comprendre ce que je n'ai pas encore compris. A un âge où tous mes espoirs placés devraient rapporter de sacrés intérêts, je me retrouve plus démunie que jamais.

Je sais pourquoi je continue : simplement parce que, sur terre, toute heure commencée est due. Parce que les décisions d'un jour engagent le lendemain.

Je me verse un verre de vin. J'écoute les bruits de la nuit et je retiens mon souffle. Je ne savais pas, je ne pouvais pas savoir… C'est une raison comme une autre (pas une autre raison : une autre chanson, une autre sornette).

J'ai déjà vécu toutes sortes d'insomnies : angoissées, amoureuses, maternelles (allaitement), maternelles (cauchemars), maternelles (fièvre). Mais j'expérimente celle-ci pour la première fois : je ne dors pas parce que j'ai suffisamment dormi la nuit précédente… et aussi parce que je veux répéter devant le miroir ce que je vais raconter au conseil de discipline.

— Il se peut que je n'aie rien de plus à ajouter. Il se peut que j'en aie dix fois plus.

Si je réussis à leur faire comprendre que nous avons accompli ce détour par David Bowie à des fins thérapeutiques, pour parler de nos vies (ce qu'elles ont de grand et aussi de tout petit), alors j'aurai gagné quelques points. Je n'en serai pas moins responsable mais je me sentirai moins seule.

Je me souviens des confidences d'Etienne : *Ce que j'aime avec Bowie, c'est que ça n'a rien à voir avec l'école. On fait des progrès en anglais et en poésie mais on ne s'en rend même pas compte.*

Ai-je réellement une chance de convaincre le conseil avec des commentaires de patients ? Il est tout de même question d'un meurtre. Un meurtre... L'avocate qui va m'assister semble un peu dépassée.

Je respire avec difficulté. J'organise aussitôt un petit courant d'air. On dirait que c'est au moment de la nuit où il devrait faire le moins chaud qu'il se met à faire le plus chaud. Se promener nue dans la maison n'est même pas suffisant. Que peut-on enlever d'autre ?

Ce soir, mon fils de six ans m'a annoncé gravement :

— Les moustiques vont te piquer aux tétés tellement t'es belle aux tétés.

J'élève seule Victor et je ne vois pas comment je m'en sortirais si l'hôpital prenait des mesures disciplinaires radicales. Pourtant, je le sais, j'ai peu de chances d'écoper d'un simple blâme.

J'ai choisi très jeune la psychiatrie qui semblait la moins sanglante des spécialités. C'est à mourir de rire quand j'y pense... Je me démenais, je payais mes études en participant à des jeux télévisés.

Personne ne me croit quand j'en parle et pourtant c'est vrai. Aujourd'hui la télé est à ma porte, mais ce n'est plus pour jouer. Je dois rendre des comptes, sans me dérober.

J'ai une idée pour le début de mon discours. Puisque je n'ai reçu aucun soutien de ma hiérarchie, je pourrais commencer par une phrase comme :

— Certaines choses peuvent se présenter en double (Martini, deux-chevaux), d'autres en triple (idiot, pontage coronarien). Moi, je suis seule. Je me présente à vous seule.

C'est tout l'intérêt de s'entraîner, sans témoin, au cœur de la nuit : on peut faire des sorties de route, des dérapages incontrôlés que personne ne sanctionnera... Mais à présent je dois passer aux choses sérieuses. Devant mes confrères et les représentants de l'administration, il me faudra évoquer des faits concrets, pas des états d'âme.

Je monte donc un dossier imparable et, au petit matin, j'appelle mon amie Céline pour tester auprès d'elle les grandes lignes de ma défense. Elle rit :

— Bowie, c'est mon premier disque acheté par correspondance.

Elle n'a rien compris.

— Mais non, Bowie, ce n'est pas ça du tout.

PREMIÈRE PARTIE*

* Elle ne doit être ni trop bonne, pour ne pas faire d'ombre à David Bowie qui se produit en deuxième partie, ni trop mauvaise pour rester digne de lui.

1

COURTS-CIRCUITS

Au commencement était le Verbe. Ensuite sont venus les compléments :

— J'aurai ta peau ! a tonné Martin quand il a cru que Richard avait remis ça avec son carnet (il le lui vole trois fois par semaine).

Des ondes de peur vivifiantes ont tendu les corps vers la sortie mais j'ai levé un bras pour calmer le jeu. Réponse classique de Richard : “Je n'y suis pour rien” (avec le petit sourire navré correspondant).

Martin écrit. Son écriture a le mérite d'exister (en fait non, elle ne l'a pas, mais nous le soutenons face à Richard dont les coups bas commencent à nous fatiguer).

Je me souviens de sa première consultation. Les parents de Martin s'étaient décidés à l'emmener à l'hôpital. Martin s'était penché pour me dire tout bas :

— Ce ne sont pas mes vrais parents. Mon père, c'est Johnny Depp et ma mère, Sharon Stone.

Derrière lui les parents français, des universitaires, me scrutaient avec de petits yeux tristes. A trente ans, leur fils habitait toujours chez eux. Son délire de filiation n'était qu'un symptôme parmi des dizaines.

Il avait été un élève brillant à l'école, avant de mettre la même application, la même obstination à déraper.

La deuxième fois que Martin est venu dans mon bureau, installé à l'entresol, il m'a dit :

— Docteur, ne vous retournez pas, je vois des rats derrière vous.

Je lui ai répondu patiemment :

— Mais oui, mais oui…

Je me suis quand même retournée machinalement. J'ai eu le temps de voir deux rats filer. Dans ce cas, on se dit : suis-je entrée dans son monde ? La fréquentation des malades mentaux m'a-t-elle fait basculer dans la folie ?

La troisième fois que j'ai rencontré Martin, j'ai obtenu de ses parents qu'il reste avec nous. Je dis Martin, mais c'est un surnom que mon patient s'est lui-même donné en hommage à son auteur préféré, Martin Amis. Dans ses carnets, il a recopié toute l'œuvre de l'écrivain britannique en la classant par grands thèmes : "Martin Amis et les fléchettes", "Martin Amis et les femmes", "Martin Amis et les douleurs dentaires"… Puis il a commencé à ajouter ses propres commentaires : chapitre I : "Jeux populaires et jeux bourgeois dans l'œuvre de M. A." ; chapitre II : "La place de l'argent dans ses romans qui en parlent le moins"… Enfin notre Martin a pris son autonomie et écrit ses propres histoires, des nouvelles assez courtes. Il les a montrées aux membres de l'équipe soignante. Ceux qui les ont lues se sont dit soulagés : même pas mal.

Avec son réseau de lecteurs dans l'établissement, Martin est rapidement devenu le plus célèbre des écrivains inconnus. Naturellement, Richard est jaloux.

J'ai coupé court à la dispute en organisant un tour de table. C'est une bande enregistrée sous le code WZ 234 et datée du 14 mai 2002.

— La règle est : "Chacun s'exprime tour à tour, en prenant en compte la parole de l'autre." Qui veut commencer ?

...

— Je ne pensais pas qu'un jour je serais plus vieille que Colombo.

— Merci Paola.

J'ai apprécié car, Paola et moi, on a le même âge, quarante ans. Pardon : je devrais dire "moi et Paola". Il faudrait inverser l'ordre de préséance quand on parle d'âge et que l'âge est avancé, c'est moins désobligeant.

...

— Si tu ne marques pas les pages, ce sont elles qui te marqueront.

— Merci Martin.

Si seulement il pouvait arrêter de lire, et regarder la télévision autant que Paola... En médecine, au moins, c'est une chose qu'on fait peu : lire. Difficile pendant les études, difficile ensuite.

...

— Je me suis vu en chef d'orchestre dans un concert de Bach, mais j'ai compris que c'était un rêve parce que la mode aujourd'hui est à la musique dodécaphonique.

— Merci Richard (Richard que Martin a baptisé Samuel parce qu'il adore Beckett et qu'il aimerait adorer Richard).

— J'ai découvert récemment que j'avais conservé une chose et une seule de tous mes amoureux : leur bol de petit-déjeuner. J'ai donc un grand choix de bols à la maison (ça, c'est la bonne nouvelle), mais je n'ai plus les amoureux assortis (ça, c'est la mauvaise).

— Merci Nora.

J'ai pensé : c'est drôle ce qu'elle dit, j'ai exactement la même manie. Mais, à vingt-cinq ans, combien de petits amis a-t-elle pu collectionner ?

...

— Vous voulez une piscine ? Six mètres sur huit, je vous la pose, en dix jours c'est réglé.

— Tu peux ranger ton portable, Etienne. Tu sais très bien que ça ne fonctionne pas ici.

...

— J'ai dessiné un arrêt de bus pour Jésus.

— D'accord, Lyse.

Il fallait que je resserre le rythme des consultations avec elle. Sa dernière crise mystique m'avait prise de court, un week-end de garde.

...

— J'ai eu le bac C cédille. En physique, le problème était : le dollar dégringole, calculez sa vitesse en fin de chute.

— C'est tout, Richard ? On fait une pause… J'aimerais que vous vous écoutiez un peu plus les uns les autres, que vous vous répondiez…

— Faut que j'y aille, docteur. Je ne peux pas rester ce soir : on m'attend à San Bernardino. C'est aux Etats-Unis, je décolle dans trois quarts d'heure.

— Tu restes avec nous Martin. Bon, on arrête le tour de table et on essaie par groupes de deux : Lyse et Paola, Etienne et Nora, Richard et Martin. Oui, j'ai bien dit Richard et Martin : parlez-vous, communiquez S'IL VOUS PLAÎT. Et écoutez tous ce que le binôme précédent a raconté, pour rester dans le même registre.

— Etienne : J'adore les états instables.
— Nora : Tu ne devrais pas les adorer.

— Lyse : J'ai un avis sur la question.
— Paola : Si tu n'en as qu'un, prête-le-moi au lieu de me le donner.

A ce stade, je me suis interrogée : m'installer psychiatre chez les Inuits, ce serait considéré comme une fuite ?

— Martin : J'ai relu tout Céline. Tu sais que j'ai besoin de m'imprégner de littérature pour écrire à mon tour… Donc j'ai relu tout Céline et voici ce que j'ai écrit : "Même une femme qui ne demande pas de mots d'amour, elle en demande."

— Richard : Tu vois, c'est mieux que le mois où tu as relu tout Verlaine pour écrire finalement "La diarrhée venait toujours après la compote".

— Etienne : Ce n'est pas moi qui dirai le contraire.

— Nora : C'est qui ?

— Martin : Est-ce que le lauréat du prix Goncourt est, comme moi, en proie à un doute permanent ? Est-ce qu'il reste insatisfait, même une fois son livre imprimé ?

— Richard : Je te donne un indice : il est publié à quatre cent mille exemplaires.

— Encore Martin : C'est marrant parce qu'un premier prix, c'est un gage de qualité en littérature tandis qu'en électroménager, c'est le contraire.

— Re-Richard : Personne ici ne pige un seul de tes mots, alors tes phrases… Je peux pas travailler avec quelqu'un d'autre ?

— Lyse : Le zéro de ma machine à calculer ne marche plus. Donc pour taper 107, je dois taper 118 - 11, tu vois ?

— Paola : Je comprends. Mais ça irait plus vite avec 99 + 8. Ou une machine neuve.

— Etienne : Quand les enfants ont quatre ans, on dirait que leurs parents ont cessé de s'aimer.
— Nora : Oui, mais ils aiment d'autres parents.

— Lyse : Ce qu'on gagne, on le perd.
— Paola : Et ce qu'on regagne, on le reperd.

J'ai brutalement interrompu l'enregistrement à cet instant. Je me rappelle avoir renvoyé tous les malades dans leurs chambres sans attendre la fin de la séance. Dépitée, ulcérée, je voulais oblitérer cette scène carnavalesque.

C'était mon premier échec dans l'unité de psychiatrie adulte. Depuis un mois, certains de mes patients semblaient avoir décidé de progresser dans leur exploration de la folie. Je ne comprenais pas cette évolution.

Ma force, c'étaient les dosages. Un bon diagnostic suivi du bon dosage, car le médicament en lui-même et la molécule qu'il contient ne veulent rien dire sans une posologie sur mesure. Et puis j'enrobais le tout dans des thérapies de groupe qui permettaient à chacun de tester sa sociabilité. Car c'est bien de cela dont il est question : apprendre à vivre ensemble, non ? Une partie de moi en tout cas voulait le croire (l'autre partie travaillait sur des projets très différents avec des amis).

Plusieurs patients possédaient visiblement un bon bagage culturel, quelques-uns avaient exercé des boulots à responsabilités mais ils avaient perdu pied à un moment et leur problème mental les avait complètement marginalisés.

Bénéficiaires de l'aide sociale, sauf Paola qui restait professeur malgré sa mise en disponibilité, négligés par leur famille à l'exception de Martin et de Nora, ils ne pouvaient compter que sur l'équipe hospitalière pour s'en sortir. Or, l'équipe en question se composait pour moitié de personnels qui avaient échoué à d'autres concours (n'ayant rien à voir avec la santé mais tout à voir, apparemment, avec leur véritable vocation), pour un quart d'infirmiers qui avaient des principes (comme "l'heure, c'est l'heure", et qui étaient donc capables de s'éclipser en pleine réanimation si 17 heures s'affichaient à leur montre-bracelet), pour un dixième d'aides-soignantes qui rêvaient d'épouser le chef de clinique et organisaient leur service en conséquence (toutes présentes lors de ses tournées, introuvables aux autres heures du jour et de la nuit), pour deux pour cent de personnes dévouées et motivées (autrement dit : Jean-Patrick). Cette proportion était plus élevée dans les autres services, mais pas en psychiatrie lourde, pas ici.

Je suis allée ôter ma blouse aux vestiaires, qui font office également de salle de repos. Repos ? Les stores censés nous soustraire aux regards ne portaient plus que de rares lamelles inclinées dans des postures définitives et les malades prenaient un malin plaisir à violer régulièrement notre refuge sous des motifs incroyablement impérieux et surtout incroyablement futiles. Pourtant nous avons tous besoin d'intimité pour reconstituer notre écosystème.

Cette année, on ne pouvait même pas dire que j'avais eu des vacances : j'avais eu exactement le contraire de ce qui s'appelle des vacances.

Richard a passé brièvement la tête par la porte pour m'annoncer d'un air jovial :

— J'accepte de faire l'amour avec toi dans mon lit, parce que j'ai bien aimé le faire avec Evelyne au même endroit.

J'ai barré mon accès au monde en posant juste les mains devant les yeux et c'est alors, oui, je pense que c'est à ce moment qu'est née cette idée excentrique, mon idée excentrique. Elle n'était pas encore bien cadrée, un peu comme dans ces cabines d'essayage où, quand on tire le rideau à droite, on se retrouve à découvert à gauche et inversement. Mais elle s'est précisée au fil des heures.

Voici mon raisonnement à ses balbutiements. Premièrement : ce qui caractérise mon groupe de patients, c'est son hétérogénéité. Or la diversité, c'est bien, mais quand on doit traiter ensemble deux psychoses maniaco-dépressives (l'une en phase maniaque chez un ex-junkie, Etienne, l'autre en phase dépressive chez une hypocondriaque, Paola), une anorexie (la jeune Nora), une mythomanie (Lyse), une paranoïa (Martin l'écrivain) et une schizophrénie (Richard), on se retrouve face à un entrelacs de symptômes communs, parallèles ou opposés qui peuvent, en se côtoyant, se potentialiser mais rarement s'annuler. Des manifestations identiques ne sont même pas un signe de parenté entre pathologies : une anorexique de trente-cinq kilos imaginant que tout le monde n'a d'yeux que pour ses "grosses" fesses ne vit pas la même paranoïa qu'un ancien drogué aux neurones bien entamés (j'ai parfois l'impression, en voyant le beau tableau psychiatrique qui illumine mon quotidien, qu'il existe autant de formes de folies que d'albums de David Bowie). Deuxièmement : il faudrait une expérience forte, si possible vécue collectivement, pour provoquer chez ces patients un déclic salvateur. Il faut les souder avant d'entamer avec eux une thérapie de groupe digne de ce nom.

Normalement, c'est la thérapie qui les soude : il n'est d'ailleurs pas rare que des amitiés et des idylles naissent en HP mais, dans le cas présent, mes patients sont trop différents. C'est là que j'en reviens à David Bowie : je suis sûre qu'ils le connaissent tous, au moins de nom, et la star se produit le 14 juillet aux arènes de Nîmes. Conclusion : une sortie pour assister au concert pourrait être ce lien fédérateur, le point de départ d'un travail thérapeutique. Une ambiance festive et stimulante, des habitudes bousculées, une échappée de l'hôpital...

Bien sûr, on ne travaille pas sur David Bowie comme on animerait un atelier de poterie. Mais j'avais en tête quelques pistes. J'espérais que chacun y trouverait son compte. J'avais cette drôle d'intuition : parler de Bowie permettrait de parler de l'intime. Je n'avais surtout rien à perdre (du moins je le croyais).

J'ai demandé des volontaires pour nous accompagner. Jean-Patrick a levé la main aussitôt. Chloé n'a pas tardé à l'imiter. Les autres fixaient le sol passionnément. J'ai rappelé que les heures de dimanche étaient payées le double du tarif habituel. Quatre infirmiers se sont désignés. Le compte était bon. Il me manquait juste un chauffeur. Pedro a accepté, à condition de pouvoir emmener sa petite amie.

Dans les jours qui ont suivi, j'ai adapté le traitement de tous mes patients pour qu'ils soient à la fois calmes et attentifs, inoffensifs et disponibles. C'était un métier, mon chouette métier.

2

Y A PAS DE JOUR

— D'habitude, vous faites les piqûres le jeudi ?
— Y a pas de jour.

3

BOWIE FAIT SON BOWIE

14 juillet 2002

Une file d'attente monumentale s'enroulait autour des arènes mais ce n'était qu'une queue témoin. La vraie queue, celle qui avançait vers l'entrée, on ne l'a rejointe qu'une heure plus tard quand on a compris que l'autre était un leurre. Tout le monde l'a compris dans la foulée et nous a rejoints, si bien que la file qui avançait précédemment s'est mise à ressembler furieusement à la queue témoin. L'idée était qu'une soirée avec Bowie devait se mériter. Qu'elle devait démarrer en cauchemar collectif avant de se muer en rêve privé.

On s'est d'abord installés sur les gradins. Certains n'avaient jamais mis les pieds dans les arènes de Nîmes. Ils contemplaient l'amphithéâtre au lieu de regarder la scène, pétrifiés.

Le placement était libre, ce qui signifie qu'il ne l'était pas du tout. On s'est assis très haut, seul moyen de rester en groupe. Quinze, c'était une sorte d'équipe de rugby (mais sans ballon et sans esprit d'équipe).

C'était étrange de voir mon interne, Jean-Patrick, en tenue décontractée, privé de sa blouse protectrice. Il devait plaire aux femmes, patientes ou employées de l'hôpital. Moi, je ne me sentais pas concernée : depuis le départ d'Adrien, le père de Victor, j'étais comme une actrice trop marquée par son rôle dans une série célèbre et qui avait du mal à trouver un autre emploi. Celui d'amoureuse, en tout cas, me semblait grillé à tout jamais.

Je me contentais de passer de bons moments avec de mauvais garçons (ce qui est mieux, du point de vue du sexe, que de passer de mauvais moments avec de bons garçons). Les mauvais garçons progressent à l'instinct (et leurs progrès sont spectaculaires), avec en général une bonne idée déclinée sur tous les tons (conciliant, menaçant, épique ou dramatique). Ils n'ont pas le complexe du mâle du XXIe siècle (ils sont du XIXe), ne sont pas impressionnés par une femme médecin (ils ne vous ont pas demandé votre profession) donc se révèlent très fiables au lit, ce qui commence à compter à mon âge. Et quand je suis trop remuante, ils se fixent bien sur leur axe puis s'affaissent doucement pour me coincer totalement, si bien qu'ensuite plus rien n'est ma faute.

Le premier artiste à monter sur scène était une espèce de pitre attachant, Hawksley Workman. Il ne tenait pas en place mais, nous, nous étions rivés à ses gesticulations. Quand il s'est retiré (bien sûr que ça avait quelque chose de sexuel), nous étions mûrs pour accueillir Bowie. Or c'est un groupe de rappeurs qui a pris le relais et, là, j'ai eu peur que mes patients ne commencent à se lasser. Un mistral formidable figeait leurs mimiques et j'avais du mal à interpréter leurs expressions.

L'arrivée de Bowie (la pose, l'alunissage, l'avènement… tout sauf une entrée classique) a changé la donne. Il a commencé à chanter sous un tonnerre d'applaudissements coagulés. Des applaudissements ? Plutôt une addition impossible de cris, bras levés, sifflements, claquements de mains.

Impeccable et distant, Bowie a enchaîné anciens tubes et extraits du nouvel album sans la moindre petite pause. Son corps un peu raide et un peu élastique à la fois, tout en retenue, grâce et distinction, semblait nous donner des leçons de maintien. Son être entier était un genre de recette pour aborder la vie.

— Quand je pense qu'il a presque le même âge que mon père. Incroyable. Mon père lui-même ne le croirait pas (mon père qui pense que Bowie a mon âge).

Paola avait l'air séduite. Nora lui a fait écho :

— C'est vrai. Il ne paraît vieux qu'à certains petits moments (il ressemble alors à Mick Jagger).

Paola a dû comparer ses chances de séduire Bowie avec celles de Nora car elle m'a soufflé :

— On ne peut pas rivaliser avec des filles de vingt ans : regardez leur peau, leurs yeux, leurs cheveux…

J'ai voulu la rassurer :

— Personnellement, je n'ai jamais pu rivaliser avec les filles de vingt ans… même quand j'avais vingt ans.

En vérité, j'avais bien plus de succès auprès des hommes aujourd'hui. En un mois, trois types (qui ne se connaissaient pas) m'avaient glissé, en guise de compliment, que je ressemblais à France Gall. On ne me l'avait jamais dit au cours des trente-neuf années passées. Assistais-je à la naissance d'une secte ?

4

MESURES ET DÉMESURE

On raconte qu'à l'école le niveau baisse. A l'hôpital, c'est le contraire si j'en juge par la qualité de mes patients : tous plus fous les uns que les autres, tous plus inventifs.

— Tu te rends compte ? Pendant que la France a la tête levée vers ses feux d'artifice, nous avons la tête baissée vers David Bowie.

— J'avais complètement oublié que c'était le 14 Juillet.

Lyse exultait.

— Je veux la même coiffure (celle qui ne se décoiffe jamais).

J'ai moi-même apprécié que sa raie au milieu ne soit justement pas tout à fait au milieu. Bowie sait que la beauté naît de l'asymétrie.

Etienne a protesté :

— Tu rigoles ? Vu d'ici, on dirait Patrick Juvet.

Ce qui était faux car Bowie avait laissé pousser deux amorces de pattes viriles sur ses joues. Mais quand il a saisi le tee-shirt envoyé par un fan, l'a frotté contre lui dans des poses suggestives puis l'a renvoyé au public, j'ai distinctement entendu Etienne murmurer :

— Là, je suis jaloux.

J'ai moi-même poussé un soupir et confié à Jean-Patrick :

— Cette faculté de s'époumoner comme un bébé, ça doit faire un bien incroyable... On ne doit jamais garder de choses en soi ou fabriquer de maladies.

— Ce type est vivant, furieusement vivant.

— On l'est aussi.

— Peut-être mais on l'avait oublié.

Sa voix radieuse et triomphante me galvanisait. Bowie s'était lancé dans des mimiques créées dans les années 1970 et consolidées depuis lors, des rictus qui révélaient ses dents de carnassier et toute sa potentielle cruauté.

Cravate défaite, sobre gilet noir sur chemise blanche, il cristallisait nos désirs, concentré éloquent de technique maîtrisée et de sauvagerie distinguée.

Jean-Patrick s'est lancé dans un genre de critique musicale :

— Pour chanter comme lui, on est obligé d'articuler très fort. Tu as remarqué ? Impossible de l'accompagner les mâchoires serrées.

Paola, d'ordinaire apathique, n'en finissait pas de s'extasier :

— Je n'en reviens pas : il ne s'assied jamais ?

Ma relation des événements donne peut-être l'impression que nous étions dans un salon de thé en train de grignoter des biscuits. En réalité nous hurlions, tout débraillés dans le mistral dément. Je suis même devenue hystérique sur le refrain de *Changes*. Puis émue quand j'ai découvert *Heathen* (mais je n'aimerais pas que quelqu'un me regarde quand je regarde Bowie).

Richard a gémi .

— Merde, on dirait que ce type absorbe la lumière !

Enfin le dandy superbe s'est éclipsé et tout le monde a fixé nerveusement la scène comme s'il risquait de ne plus s'y matérialiser. Quand il est revenu calmer nos angoisses, Bowie avait même pensé à revêtir un petit blouson rouge assorti aux *red shoes* de *Let's Dance*. Ce sourire entendu sur tous les visages quand il entamait un morceau connu... Bowie était obligé, à chaque concert, de reprendre de vieux tubes, à cause des nouvelles générations qui n'avaient pas suivi le début, comme un prof consciencieux résume le cours pour les retardataires.

J'ignorais ce que pouvaient bien écouter les adolescents, mais il me semblait que Bowie surclassait tous les jeunes chanteurs de la scène musicale actuelle. Il les propulsait au rang de petits vieux avec leurs mimiques stéréotypées, leurs gestes appris dans les académies (la main pour accompagner les trémolos, la poitrine palpitante...). Il les projetait dans un infini comateux et brillait seul, chic et altier, incontestable et souverain.

Avec lui, aucune simagrée. Son jeu de scène : une épure. Ce spectacle, il l'avait rodé à l'Olympia le 1er juillet et nous le livrait, à nous provinciaux de France, tout petit pays comparé aux Etats-Unis où il vivait, petit pays mais très aimant, très fidèle. Ses chansons nous étreignaient le cœur, à la fois troublantes et précises, implacablement érotiques. Il ne se rendait pas compte : il nous mettait en transe et restait à notre portée, comme une future victime aguicheuse et innocente, tellement innocente…

J'avais envie d'embrasser l'endroit où sa voix prenait naissance, le lieu secret où elle se formait et où se tendaient ses cordes vocales. Vous avez déjà vu des photographies de gorge ? On dirait un sexe (de femme).

Ce qu'avait réalisé ce type en décidant un jour de vivre sa folie et de consacrer toute son énergie à chanter, c'était ce que les psychanalystes appelaient un passage à l'acte. Mais Dieu sait qu'on n'adore pas la psychanalyse, chez les psychiatres de la nouvelle génération. Elle nous a longtemps fait du tort. Nous dirions plutôt que passer sa vie à chanter, c'est de la monomanie. Et répéter des années durant les mêmes chansons, du bégaiement.

Jean-Patrick a mis la main sur mon épaule, geste qui n'a pas échappé à Chloé, et m'a soufflé :

— J'aimerais bien descendre au pied de la scène, on sentirait mieux l'ambiance. Tu viens, Marianne ?

— Alors il faut qu'on y aille tous… On ne peut pas laisser les patients sans surveillance.

5

TOURNÉE GÉNÉRALE

15 juillet 2002, 16 heures

Il régnait une ambiance tropicale dans la petite salle polyvalente, avec des grouillements d'insectes, des sifflements de reptiles et toute cette moiteur autour du souvenir de David Bowie.

— Bowie nous donne l'espoir d'une vie meilleure. Il nous dit : "Vis ta vie, c'est possible, fonce !"

— C'est pas vrai, Lyse, il n'a jamais dit ça.

— C'est sa vie qui le dit. Il nous donne l'exemple…

— N'empêche que si ma mère n'avait pas confisqué ma guitare, ce serait peut-être moi David Bowie, aujourd'hui.

— Vous entendez Etienne ? Les gens n'aiment pas Bowie. Ils veulent être Bowie.

— Moi pas forcément, Richard. Je voudrais d'abord connaître ses maladies, voir son carnet de santé.

Je suis intervenue. Les remarques des patients m'intéressaient moins pour leur contenu informatif que pour ce qu'elles révélaient de leur état mental. Je les considérais comme des alarmes.

— Paola, tu continues à avoir peur des microbes ? Tu n'en parlais plus...

— Mais non, je plaisantais.

— Ce type est parfaitement sain. On voit tout de suite qu'il a un corps bio.

— Nora et la diététique... Dis donc, il ne te mettrait pas en appétit ce Bowie ?

Nora détestait qu'on lui parle de nourriture, mais Richard avait visé juste : j'imaginais l'effet qu'un être éthéré, en apesanteur, comme Bowie pouvait produire sur une fille obsédée par la surcharge pondérale. Pour celui qu'on avait surnommé le Thin White Duke, le corps ne semblait pas un problème.

— Il s'offrait à nous, si désarmant...

Lyse planait en solitaire, seulement Richard aimait bien ramener les choses à leurs justes proportions.

— Tu parles... Vu de loin, il avait la taille d'une fève. En fait, si vous aimez Bowie, c'est que vous aimez l'endroit d'où il se situe pour s'exprimer : du haut du royaume anglo-saxon. Ça vous ferait tous bander d'en être, de savoir vous exprimer avec ces petits mots auxquels vous ne comprenez rien, la langue des capitalistes victorieux.

Richard était le seul à posséder un semblant de conscience politique même si elle était d'origine pathologique, c'est-à-dire en grande partie construite sur sa paranoïa (elle-même avatar de sa schizophrénie).

Lyse l'a ignoré avec indulgence.

— Cette jouissance à communiquer sa musique... Sa voix pure qui s'élevait, cinglant la nuit...

— Lyse, je vais te dire un truc : sa voix n'a rien de pur, on dirait de l'air échappé d'une gouttière métallique.

Lyse revint sur terre comme si son petit parachute mental ne s'était pas ouvert.

— Tu n'es qu'un malade, Richard.

— Non. On m'a appris à toujours dire la vérité.

Richard ne supportait pas les rapports affectifs qui ne passaient pas par lui. Son désir tout-puissant était de s'immiscer dans l'ensemble des relations humaines, pour les contrôler de l'intérieur. Le lien entre Lyse et Bowie (même imaginaire, même unilatéral) était assimilé à une espèce de menace.

— Ce doit être pour mieux te repérer au milieu des autres. Personne ne dit la vérité.

— On dirait. On a voulu faire de moi une proie.

— Alors prépare-toi à vivre ton chemin de proie.

— Silence mes agneaux !

L'humour selon Jean-Patrick…

Mes patients, assis en cercle dans la salle de réunion, ont poursuivi sans ciller leur ardente discussion. Pour la première fois, ils se concentraient tous sur un sujet identique. Mais parle-t-on de la même chose quand on parle de Bowie ? Représente-t-il pour l'un ce qu'il est pour l'autre ?

Paola nous a tous étonnés :

— Sa voix au début de *Heroes*… On dirait un mec qui fait l'amour. J'adore les râles d'hommes. Je me les repasse mentalement quand je me sens d'attaque.

Lyse a surenchéri :

— C'est un être solaire. Quand on l'écoute, on devient soi-même sexy, mince, vraiment magnifique.

Lyse m'inquiétait un peu. Tout juste si Bowie n'était pas, pour elle, l'incarnation de Dieu sur terre. J'ignorais auparavant qu'elle était fan. J'ai voulu calmer sa ferveur en invitant les autres à s'exprimer. Je m'attendais à tout sauf à une nouvelle prise de parole de Jean-Patrick, plutôt discret d'habitude. On aurait dit que Bowie mettait chacun hors de soi, au sens littéral, si bien qu'une vraie petite foule d'inconnus était en train de se former sous mes yeux.

— C'est vrai. Au contact de Bowie, on se sent plus intelligent, plus triomphant. On est Bowie quand on tient la porte négligemment à la fille qui se dirige comme nous vers la sortie, on est Bowie quand on reprend ses chansons dans les couloirs de l'hôpital, on est Bowie jusqu'à ce qu'on lise dans les yeux de sa femme qu'on est tout sauf David Bowie.

Sa femme ? J'ai perçu une sorte d'éboulis dans ma boîte crânienne. Ce que j'avais pris au concert pour des avances…

Il faudrait que je dise un mot de mon orgueil. Mon orgueil est un pupille de la Nation, l'orphelin de deux ou trois guerres. On ne peut pas lui supprimer sa pension. Elle a déjà été gravement amputée (par le père de Victor). Avant de rencontrer Adrien, j'avais une vision éthérée de l'amour, sans aucun rapport avec des faits existants ou ayant existé. Il a été mon premier homme puis est resté dix ans ma seule source d'information. Adrien n'était pas architecte, professeur ou avocat. Il était garçon de café. Pour lui, j'étais une intellectuelle. Amusant, non ? Un médecin intellectuel.

J'ai cessé de m'en remettre à lui le jour où il est parti faire des courses avec mon amie Céline : ils sont revenus tout auréolés de la même odeur. Depuis cette expérience olfactive, j'ai pardonné à moitié (j'ai pardonné à Céline mais pas à Adrien). Et puis j'ai retenu la leçon : dans le couple, pas besoin de quotas pour garantir la parité (les femmes y sont plutôt surreprésentées).

Face à mon panel de fous, mon échantillon représentatif du dixième de l'humanité, j'ai resserré mes propres rangs, inspiré une goulée d'air pur et relancé mon petit forum.

— Martin ? Tu n'as encore rien dit…

— D'accord. Est-ce qu'il faut situer notre admiration pour Bowie en abscisses et en ordonnées ?

— Ce n'est pas utile. Vas-y, parle librement.

— Vous avez remarqué qu'il essayait de nous déstabiliser, en commençant ses chansons archiconnues par autre chose que les mesures habituelles ? *Let's Dance, Ashes to Ashes…* Qu'est-ce qu'il cherche, ce type ?

J'ai tenté de rassurer Martin.

— C'est un jeu. Toutes les stars font ça : elles revoient les arrangements des vieux tubes, les remettent au goût du jour, s'amusent à brouiller les pistes jusqu'à ce qu'une clameur venue de la foule indique que le public a reconnu la chanson. Si les musiciens jouaient invariablement les mêmes morceaux, j'imagine que ce serait lassant, y compris pour eux… Toi aussi, Martin, tu pourrais essayer, dans la vie, de casser tes routines et tes rituels : tu verrais que ce n'est pas dangereux. Qu'il ne se produit pas de catastrophe. Que tu ne risques rien.

Lyse nous a ramenés au thème de Bowie. Elle était plus compétente que moi dans ce domaine :

— David s'en tient rarement à ses versions enregistrées en studio. Il change de rythme, de ton… Il est doué pour ça. Il continue à vivre sur scène, il ne récite pas son texte comme un robot…

Martin a conclu :

— Alors, moi aussi je vais "remasteriser" mon livre quand je l'aurai fini…

Tout le monde a ri. Dans ces moments d'hilarité partagée, je ne me sentais pas tout à fait à l'aise. Je n'avais jamais réussi à déterminer si mes patients étaient capables d'autodérision (et donc de lucidité sur leur état). Je pense que oui, mais de manière fugitive et certainement pas collective. Ce qui signifie que, dans ce fou rire général, il ne fallait pas voir de la complicité : chacun riait pour son propre compte.

Ce qui n'a pas empêché Martin, porté par son public hétéroclite, de poursuivre :

— Vous avez entendu ? Bowie a chanté *I'm Afraid of Americans*, qu'il avait écrit avant la guerre en Irak. Il a dû se dire qu'en ce moment, chez les

Français, il ferait une touche avec des paroles pareilles. C'est un calculateur, un malin…

J'ai commencé à sentir un dérapage possible. Martin agitait son jeu de clés, un jeu pas drôle du tout qui l'avait absorbé dès son arrivée. En quelques semaines, son trousseau avait triplé de volume, sans que ce mystère de la reproduction des clés ait pu être élucidé. Ce qui me préoccupait surtout, c'étaient les tics associés : Martin imprimait le côté dentelé des petites clés dans sa chair, ou faisait mine de se découper les doigts avec ces scies miniatures.

Je tolérais ces manies mais je les avais à l'œil. Martin a enchaîné :

— Vous vous rendez compte, les Américains qui s'appellent McDonald ? Les amis qu'ils invitent doivent sacrément ricaner en disant : "Ce soir, on va chez McDonald."

— Martin, on essaie de parler de David Bowie, là.

— Je sais. On est sur le quarante-septième parallèle. C'est là que tout pousse, même les bons sentiments.

— Chloé ? Chloé, Martin est fatigué. Emmenez-le dans sa chambre et donnez-lui son médicament.

— Attention : on ne se débarrasse pas de moi comme ça. Je suis le roi de France : Jacques Chirac, le fils d'Alain Delon.

Je me refusais à interrompre la séance tout de suite. Je voulais profiter de l'entrain général pour en tirer quelques bénéfices thérapeutiques supplémentaires. Un infirmier est venu en aide à Chloé.

Martin ne protestait pas mais poursuivait seul sa logorrhée.

Lyse a pris le relais :

— Si Bowie n'avait pas été chanteur, il aurait peut-être vendu des beignets sur la plage de Palavas. Les filles seraient tombées amoureuses de lui et auraient dévalisé son panier. Son affaire aurait bien marché. Bowie ne peut rien rater. Il aurait réussi toutes ses autres vies.

— N'importe quoi. Bowie est anglais, je ne vois pas ce qu'il serait venu foutre à Palavas-les-Flots.

— Et puis vendre des beignets, c'est pas trop son truc.

Richard a ricané :

— Les filles non plus, c'est pas trop son truc. Hein, Etienne, tu comprends ça, toi ?

Toutes les patientes ont protesté et elles avaient raison. Les filles représentaient au moins la moitié de ce que Bowie aimait. Mais Richard a continué :

— Donc tu peux redire ta phrase en changeant ces trois idées : le lieu, l'activité et le sexe ?

6

BOWIE ET SON CONTRAIRE

— Si Bowie vivait parmi nous, on l'étoufferait. Il a besoin de sa liberté. Il veut nager comme les dauphins.

— S'il me faisait répéter un mot, ou s'il n'était pas très bien habillé, je serais déçue.

— Si on organisait des Jeux olympiques de la chanson, il gagnerait à coup sûr.

— Mais vous avez fini avec vos "si" ?

Je commençais à m'énerver. Fabriquer une cohorte de groupies n'avait jamais figuré dans mes projets.

Pour Lyse, au moins, je ne me sentais pas responsable. Son fanatisme ne datait pas de la veille :

— J'ai assisté à trois concerts de Bowie : Fréjus en 1983, Paris-Bercy en 1990, Nîmes avec vous, le 14 juillet. Cette combinaison fait de moi une spectatrice unique. Si un meurtre était commis chaque fois, et si un fichier des réservations permettait de procéder à des recoupements, je serais immanquablement repérée. Est-ce que ce fichier existe ?

— Quelle drôle d'idée…

J'ai joué à imaginer le crime que pourrait bien commettre Lyse. Voler un vinyle de Bowie ? Télécharger illégalement ses chansons sur Internet ? Soudoyer un garçon d'hôtel pour mettre la main sur une serviette tenue par son David ?

— Il existe des professionnels pour réparer de fins mécanismes d'horlogerie, pour élaguer les arbres, nettoyer les tapis, apprendre les mathématiques aux enfants… Je n'en reviens pas qu'on trouve assez de personnes pour remplir toutes ces fonctions. Il y a aussi tous les métiers du corps : avec les bras, le lancer de javelot ou la natation ; avec les jambes, le football ou le ski… Et voici que maintenant, avec la voix, on a David Bowie.

— Il joue seul dans sa catégorie, il est réellement unique.

— Bien vu : personne ne peut être comparé à Bowie.

— Si… On peut dire de quelqu'un : lui, c'est tout le contraire !

La discussion s'emballait, je craignais de ne plus rien maîtriser. Mais je savais aussi que le lendemain une bonne part de cette matière première, le souvenir du concert, serait perdue à tout jamais et je tenais à l'exploiter jusqu'au bout. Il fallait juste être prudente. Bowie semblait avoir le don de susciter les passions et toutes sortes de processus d'identification : non seulement les fans rêvaient d'être comme lui, mais certains s'imaginaient être lui, être sa réincarnation. En plus Bowie résistait à l'analyse (il était un nouveau genre de résistant).

— On peut revenir à notre soirée d'hier ? Qui aurait un commentaire intéressant et utile pour les autres ?

— Ben Richard, ce que tu as pu être pénible !

— Qu'a-t-il encore inventé ?

— Il se plaignait de ceux qui fumaient, des gens qui se levaient et lui cachaient la vue… à croire qu'il n'avait jamais mis les pieds dans un concert. Vous l'auriez entendu : "C'est in-ter-dit de fumer dans les lieux publics !"

— Ouais, on n'aurait pas dû l'emmener. Il a gâché la poésie.

— En fait il est jaloux.

Richard s'est tordu de rire.

— De ce gringalet efféminé ? Il se trémousse depuis trois décennies pour nous montrer ses panoplies, un vrai défilé. Et encore, il n'arbore plus ses tenues de tapette de l'espace. Moi, je me souviens de sa période Ziggy…

Richard s'est étouffé avec sa salive avant de reprendre :

— Sa chanson *Ziggy Stardust*, on dirait une publicité pour du dentifrice. Bowie n'arrête pas de souffler son haleine fraîche : ha !

— Moi, franchement, j'ai adoré qu'il reprenne *Ziggy* : il a retrouvé la voix de sa jeunesse. Quel effet ça pouvait lui faire, de revenir dans les années 1970 ? Il bougeait comme un jeune homme.

Nora s'est redressée, bizarrement piquée au vif par la remarque de Lyse.

— D'habitude, tout ce qui arrive aux vieux, on s'en fout. L'ostéoporose, la cataracte, les rhumatismes... normal qu'ils en souffrent puisqu'ils sont vieux. Et là, sous prétexte que Bowie est un vieux désirable, tout le monde s'intéresse à lui !

— Euh... Je crois que tu te trompes de débat. Bowie n'est pas un vieillard cacochyme quand même.

J'étais d'accord avec Paola. Passé quarante ans, on était tous confondus dans une masse indistincte aux yeux des jeunes, et ce n'était vraiment pas juste.

— Tu as environ quarante ans, Paola, non ? Ce n'est rien : juste un plus un plus un plus un plus un plus un...

— Richard !

Avec un rictus extrait de sa riche collection privée, il a poursuivi en apostrophant Nora :

— Eh, l'anorexique, avoue que tu aimerais te faire un petit jeûne ?

Nora a rougi brutalement, avant d'actionner un essuie-glace invisible pour balayer sa gêne.

— Cessez de vous disputer et dites-moi plutôt ce que ce nom, Bowie, évoque pour vous.

— Moi, j'entends Boeing... C'est vrai qu'il fonce dans la vie...

— "Beau, oui", ça a déjà été chanté... J'entends ébloui aussi.

— Ou bouis-bouis.

— Richard, la ferme !

— Ce n'est pas ma faute si, dans Bowie, il y a deux lettres du mot clown et si elles sont côte à côte.

— LA FERME, on a dit !

— Et c'est quoi, la bonne réponse ?

— Il n'y en a pas. Je crois qu'un *Bowie knife* est un couteau à lame affilée des deux côtés, utilisé dans l'armée américaine. Mais le vrai nom de Bowie est Jones…

J'ai été interrompue par Evita, la stagiaire de l'accueil, visiblement gênée. Un policier souhaitait me parler, et pas dans un quart d'heure : tout de suite. J'ai quitté la pièce en me demandant comment il réagirait si je débarquais en pleine audition de témoins pour lui demander un avis médical.

J'ai rejoint la silhouette trapue qui attendait dans le hall vitré. Dehors, au soleil, des visiteurs terminaient leur cigarette avant de franchir le seuil, sursis dérisoire face à ce qui les attendait.

J'ai soupiré en serrant la main du flic :

— J'avoue tout !

Puis j'ai éclaté de rire. Le policier m'a observée bizarrement. Je ne portais pas ma blouse en séance de thérapie de groupe.

— Je suis le Dr Candela. Vous m'avez demandée ?

L'enquêteur était à peine rassuré : je n'étais pas malade, mais j'étais une femme.

— Capitaine Malgoire. Je viens vous voir parce qu'un adolescent a disparu. On peut en discuter quelque part ?

Sa voix était grave et chaude. Il aurait pu chanter *Be my Wife* sans se couvrir de ridicule.

Nous avons descendu quelques marches pour rejoindre mon petit bureau. Il a paru surpris. Tout le monde pense que les médecins sont bien lotis, mais tout le monde pense aux médecins du secteur privé. Je travaille soixante heures hebdomadaires les semaines creuses, pour le salaire d'un commercial débutant qui peut rentrer chez lui l'esprit libre, qui n'est pas hanté le soir par les catastrophes humaines côtoyées dans la journée. Au fait il est où, ce commercial débutant ? J'aurais quelques petits conseils à lui demander.

— Je ne comprends pas. Nous n'accueillons pas les mineurs dans mon service et on ne m'a signalé aucune disparition.

— C'est un gamin de dix-sept ans. Il a été vu pour la dernière fois hier au concert de David Bowie. Nous recherchons des témoins potentiels.

— Mais comment…

— Les spectateurs les plus faciles à retrouver sont ceux qui ont bénéficié de tarifs de groupe avec facturation à un organisme… comme l'hôpital. Apparemment, vous avez organisé une petite sortie pour vos patients hier soir. Dites donc, c'est bien légal tout ça ?

— Cette sortie fait partie intégrante d'une thérapie, j'ai obtenu toutes les autorisations nécessaires : de la famille, de l'administration et du médecin-chef… et vous savez, c'est moins cher pour le contribuable que des médicaments. Hé, attendez un peu : ce sont vraiment des témoins que vous recherchez ?

Je commençais à entrevoir les véritables raisons de sa visite. La suspicion dont faisaient systématiquement l'objet les malades mentaux me dégoûtait. S'ils étaient inadaptés à la vie en société, ils étaient rarement dangereux pour les autres. C'était leur propre vie qui était un calvaire… et bien sûr celle de leurs proches.

— Répondez-moi : vous cherchez des témoins ou des criminels ?

— Témoins, kidnappeurs, criminels… Tout est question d'interprétation, de contexte vous voyez. Par exemple, si je vous dis "la direction a lâché", vous comprenez quoi ? Qu'une voiture a subi un grave accident ou que les syndicats ont eu gain de cause ?

Ce flic n'était pas terrible physiquement mais formidable psychiatriquement. J'ai pris un peu de recul, assise derrière mon bureau, pour mieux l'apprécier. Il a poursuivi sa petite enquête privée :

— Et pourquoi David Bowie ?

— Parce que j'ai deviné qu'il stimulerait mes patients. Et puis Bowie n'est pas totalement étranger à notre univers. Son demi-frère Terry a été interné et s'est finalement suicidé. Bowie lui-même aimait inventer des personnages qui l'ont parfois dépassé, comme son Ziggy… Il a frôlé la schizophrénie. Le nom d'un de ses groupes, les Spiders from Mars (les Araignées de Mars), faisait sans doute allusion à des visions paranoïaques… L'album *Aladdin Sane* est un jeu de mots sur *a lad insane*, un type fou. Dans le clip d'*Ashes to Ashes*, il se met en scène dans une cellule capitonnée. Et je ne parle pas de la mégalomanie qui menace la plupart des stars…

C'était incroyable. Je n'avais jamais pensé à ces justifications auparavant. Ce flic me permettait de comprendre ce qui me rendait Bowie si familier. J'ai décidé de revenir à des considérations plus générales.

— Je pense qu'on peut proposer autre chose que le seul protocole médicamenteux aux malades à la sociabilité défaillante.

Je pariais qu'il avait compris un mot sur deux. C'était fait exprès et ce n'était pas très sympathique de ma part. Il ne s'est pas découragé.

— Pourquoi ne pas les emmener voir un film, plutôt qu'un concert de rock ?

— Un film ? Ils se seraient disputés pour le choisir. Et puis nous en diffusons ici, dans la salle audio. Nous proposons un tas d'activités à nos patients. Mais franchement nos ateliers d'écriture ou de dessin n'ont pas la charge émotive nécessaire pour les extirper de leur gangue d'égocentrisme.

C'était de moins en moins sympa mais il m'a sidérée :

— Ce que vous pratiquez, c'est une sorte de musicothérapie ?

Alors soit il avait déjà séjourné en HP, soit il s'abonnait à ces revues spécialisées qui, à mon avis, ne devraient pas être accessibles aux amateurs. C'était comme l'automédication ou les dictionnaires de la santé pour tous publics… un piège dangereux pour les hypocondriaques. Tous les jours, je croisais des patients qui en savaient plus que moi sur leur pathologie. Ils donnaient leur avis sur le traitement que je prescrivais. Naturellement, ils avaient toujours de meilleures idées.

— Pas vraiment. En musicothérapie, on utilise des morceaux pour relaxer les patients, ou pour faire surgir des émotions enfouies. Ce que j'ai testé, c'est une expérience ponctuelle : une sorte d'électrochoc pour repartir ensemble sur de bonnes bases.

— Bien. Je peux les rencontrer ?

— Qui ?

— Vos patients. Tous ceux qui étaient dans les arènes hier soir.

— C'est une plaisanterie ?

— Allez-y, je vous suis.

— C'est rigoureusement impossible. Vous avez déjà entendu parler du secret médical ?

— Vous rigolez ? Vous les emmenez en virée dans un lieu on ne peut plus public et vous refusez de les présenter quand la police vous le demande ? Je vous rappelle que la vie d'un adolescent est peut-être en jeu. Je veux au moins leurs noms.

J'ai arraché une feuille de mon calepin sur laquelle j'ai griffonné les six noms et je l'ai tendue à l'enquêteur.

— J'imagine que, de toute façon, vous n'avez pas laissé vos patients seuls une minute ?

J'ai blêmi et éludé la réponse.

— Nous étions sept soignants pour six malades. Ma règle dans ces sorties est celle du "un pour un".

A son tour, le flic m'a tendu une photo.

— Vous reconnaissez ce garçon ?

— Je ne crois pas... Je peux la garder ?

— Bien sûr. Si vous pouviez la faire circuler... Il s'appelle Dylan Delobel. Son père nous a signalé sa disparition il y a deux jours. Dylan a été vu pour la dernière fois à l'entrée des arènes, le soir du concert. Le vigile qui vérifiait le contenu des sacs est très physionomiste.

— Vous parlez de son père, pas de ses parents...

— Ils vivaient seuls tous les deux, le père et le fils.

Amen. Le flic a fait mine de partir puis est revenu sur ses pas, selon une technique largement éprouvée de déstabilisation des suspects. Mais je n'étais pas suspecte, n'est-ce pas ?

— J'aimerais vous donner un conseil.

— ...

— Chacun entretient une relation particulière avec David Bowie. Les fans n'aiment pas être confrontés les uns aux autres. Ils pensent que le fil qui les relie à leur idole est unique. Ce n'est pas une bonne idée, une thérapie de groupe sur Bowie.

Et voilà : après le nouveau spécialiste en psychiatrie, le nouveau spécialiste de David Bowie.

— Mais mes patients ne sont pas des groupies !

— S'ils ne l'étaient pas, on dirait bien qu'ils le sont devenus.

J'ai accusé le coup. Ce flic avait-il des dons de voyance ? Plus sérieusement, je me suis demandé s'il n'avait pas assisté en douce à la fin de ma séance. La porte était vitrée, ce n'était pas impossible.

— Ce qu'ils aiment en Bowie, c'est qu'il se permet toutes les fantaisies. Prenez garde : certains pourraient bien suivre son exemple.

— Si Bowie peut les décoincer un peu, tant mieux. Mes patients sont angoissés, ligotés par leurs névroses. Vous ne pouvez pas imaginer leur univers mental. C'est un cauchemar. Bowie leur donne une bouffée d'oxygène. Il leur prouve qu'on ne risque pas sa vie en s'ouvrant aux autres, il montre à des gens qui ne communiquent plus le pouvoir des mots et de la musique. Il…

— D'accord, d'accord. En tout cas, si vous apprenez quelque chose, tenez-moi au courant.

J'espérais encore, à ce stade, qu'il n'y avait rien à apprendre.

7

LES HÉROS N'ONT PAS LE CHOIX

Quand je suis revenue en salle de réunion, le niveau de la discussion s'était élevé d'un cran. Un cran supplémentaire dans la folie. Lyse menait la danse.

— Je vais vous dire ce qui ne colle pas avec David Bowie :

– une odeur de sueur (n'importe laquelle) ;

– les petits animaux (comme les poux : ils glisseraient le long de sa chevelure dorée sans trouver de point d'appui) ;

– la pauvreté (même pas quand il était petit, qu'il habitait le sud de Londres et que ses parents appartenaient à la "basse classe moyenne" : une mère ouvreuse de cinéma, un père qui travaillait dans un foyer d'enfants… c'était juste mais la famille s'en sortait) ;

– la série *Ally McBeal* (impossible de la regarder en écoutant Bowie, elle est déjà truffée de chansons) ;

– la drogue : c'est fini, fini, fini (au début, la cocaïne lui donnait des coups d'accélérateur, puis il s'est rendu compte qu'il n'avait pas besoin de provoquer artificiellement cette tension créatrice).

Si j'avais été arbitre, j'aurais sifflé un arrêt de jeu. Professeur, j'aurais décidé que l'heure de la récré avait sonné. Cadre supérieur, j'aurais quitté le conseil des actionnaires en claquant la porte. Mais j'étais juste psychiatre, avec une espèce d'obligation d'écouter placidement les délires de tout le monde.

Toutefois je me comprenais mieux : pourquoi je n'habitais pas à côté de l'hôpital (pas question que ma maison en devienne une annexe mentale), pourquoi je n'avais pas de vie privée digne de ce nom (qui aimerait écouter au dîner le récit de ma journée de travail ?), pourquoi je passais autant de temps auprès des malades (on aurait dit qu'ils ne guériraient jamais, jamais...).

— Il s'est peut-être drogué mais il a conservé une bonne mémoire pour son âge : il se souvient de toutes les paroles des chansons... Moi, je me serais trompée au moins une fois.

— Paola, arrête avec son âge !

— A un moment, il a fait mine d'embrasser Gail Ann Dorsey...

— La bassiste ? Tu as retenu son nom, quand il l'a présentée ?

— Non, je le connaissais déjà. T'as vu ? Elle a secoué la tête comme pour dire non. Cette fille doit être cinglée. Elle se prend pour qui ?

— Ben, elle est belle. Elle réussit à ne pas être ridicule sans cheveux, pieds nus et en jupette à volants.

— Moi, j'ai trouvé que le show était équilibré même sans les rappels (mais il l'était encore plus avec les rappels). Seulement, quand le spectacle est terminé, il est terminé. On sent que le salut est définitif et, vous avez beau tambouriner, les projecteurs se rallument et tout le monde n'a plus qu'à vider les lieux.

Le show semblait peut-être équilibré, mais mes patients l'étaient de moins en moins. Comme une foule qui s'écarte puis se recompose au passage d'un aveugle (si vous regardez bien : elle ne s'écarte pas, ne se recompose pas...), mon groupe m'opposait désormais une résistance compacte.

— Je donnerais mille vies pour la vie de David. Son œuvre musicale est immense et pourtant elle n'est qu'une petite partie de lui : il peint, il danse, il est père de famille... C'est mon modèle.

C'était le risque avec Bowie : engendrer des fans hyperactifs mais incapables de donner du contenu à leurs actes. Ils se sentaient emplis de potentialités extraordinaires, ivres du champ des possibles que leur révélait la star, mais ne possédaient aucun projet personnel. Conséquence : une immense frustration. A part se transformer en moines copistes ou en clones décérébrés, ils n'avaient pas vraiment d'idée pour leur avenir.

J'observai Lyse avec un œil neuf, en me remémorant sa remarque sur les crimes commis pendant les concerts. Elle en avait parlé quelques minutes seulement avant l'irruption du flic et je ne croyais pas aux coïncidences.

Lyse était soignée dans le service depuis trois ans. Elle y était entrée librement, et pouvait donc sortir dès qu'elle serait mieux armée pour affronter le monde. Elle n'était d'ailleurs pas la doyenne. Richard était arrivé avant elle (il m'avait également précédée) mais son cas était différent : il avait agressé un type, à une station-service, puis avait menacé de s'immoler quand la police était intervenue. Aujourd'hui, Richard aurait pu se retrouver dehors, mais il disait qu'il ne se sentait pas prêt à partir si vite : cela ne faisait guère que dix ans que notre établissement l'hébergeait...

A mon arrivée, je trouvais le système absurde : selon moi, il fallait rendre les patients autonomes, plutôt que dépendants de l'hôpital. J'ai rapidement nuancé mon jugement : les malades qui ne parvenaient pas à nous quitter étaient finalement assez lucides sur leurs capacités d'adaptation (proches de zéro). Les faire sortir leur aurait donné autant de chances de survie qu'à un animal domestique relâché dans la jungle.

Certains patients de longue durée vivaient toutefois à l'extérieur, et revenaient chaque mois pour un court séjour. Ils dormaient, parlaient, récupéraient puis s'en allaient. Beaucoup ne voulaient pas guérir, si cela signifiait renoncer à leur monde parallèle. Les bénéfices secondaires de la maladie, l'avantage de se sentir une victime persécutée par exemple, constituaient le plus gros obstacle, la principale résistance aux traitements.

De Lyse, je ne savais rien ou presque. Son accent du Nord (qui n'est pas qu'une intonation mais un rythme, un vocabulaire, une chaleur, une haleine...)

ne laissait aucun doute sur ses origines. A part ça... Pour les patients sans casier judiciaire, les seules sources d'information étaient les confidences du malade lui-même et de sa famille. Lyse nous avait dit être seule au monde. J'étais portée à la croire. Pourtant je pressentais, comme pour les personnages bien lisses à l'extérieur, une histoire intime en grumeaux.

Peut-être avait-elle été témoin d'une scène insolite pendant le concert... Moi-même, qu'avais-je vu réellement, à part Bowie ? Et surtout, pouvais-je répondre de mes patients ?

Je me souvenais de m'être assise entre Lyse et Paola. Jean-Patrick était juste devant moi, coincé au milieu de Martin et de Richard. Souvent, mon interne se retournait, ou je me penchais vers lui. Et, naturellement, qu'avons-nous fait ? Nous, les seuls médecins de l'équipée ? Nous avons échangé un regard illuminé avant de descendre nous mêler à la foule du parterre. Pour être dans l'ambiance, comme disait Jean-Patrick. En abandonnant nos patients une petite vingtaine de minutes. Une bonne vingtaine de minutes. Vingt minutes de trop. Je n'en revenais pas. Ça ne me ressemblait pas.

Bien sûr, j'avais d'abord envisagé d'emmener tout le groupe avec nous. Mais l'image délirante d'une cordée de fous abordant maladroitement la descente dans l'obscurité m'avait retenue : ne couraient-ils pas moins de risques en restant sur place ? Voici la question symétrique, plus égoïste et moins avouable : n'avais-je pas plus de chances de partager un moment de grâce avec Jean-Patrick sans leur présence encombrante ? Je ne me suis pas posé cette question aussi clairement, tandis que la réponse, elle, s'est imposée très clairement.

En bas des gradins, nous avons gagné quelques degrés que j'ai savourés. Le vent m'avait glacée. Debout dans la foule ondulante, j'ai mis un moment à me rendre compte qu'un type frottait sa cuisse contre la mienne. Je dansais et il suivait le mouvement.

J'ai encore attendu quelques minutes, officiellement pour vérifier que je ne me trompais pas, avant de réagir :

— Ça ne va pas la tête !

Je me suis retrouvée face à Jean-Patrick. Il a rigolé :

— Ça, c'est une réplique de psychiatre…

Etait-ce parce que la foule m'empêchait de prendre mes distances ? Ou avais-je besoin d'un point d'ancrage ? J'ai passé une main (qui m'appartenait à peine) dans la nuque de Jean-Patrick.

— J'aime les hommes aux cheveux longs… enfin pas trop courts, surtout pas ras…

Ce n'était pas ce que j'avais dit de la taille des cheveux qui m'embarrassait, c'était le verbe aimer.

— Une chance que tu aimes aussi les hommes jeunes, alors…

— Tu as combien d'années de moins que moi ? Dix ?

— Plus.

— Plus que dix de moins ?

J'étais inquiète. Les hommes jeunes étaient loin d'être ma spécialité. Je ne voulais pas que Jean-Patrick me prenne dans ses bras en se disant que j'étais ce qu'il avait serré de plus vieux dans sa vie.

J'ignore pourquoi l'amour fait toujours vibrer cette guitare basse qui me donne le cœur gros. L'amour me fait volontiers pleurer. Quand je dis à un homme : "Retiens-moi", il comprend : "Retiens-moi par cœur" (fais-moi l'amour en me fixant dans ta mémoire), ou "Empêche-moi d'aller plus loin" (contiens-moi). Jamais : "Garde-moi contre toi." J'ai des comportements amoureux suicidaires et personne n'est prêt à rien pour m'inciter à rester. Personne n'a envie de me protéger de moi... Bien sûr je pourrais changer, maintenant que je me connais mieux. Mais dès que je me mets à décoder mes règles du jeu, j'en adopte d'autres plus perfectionnées.

— Tu es incroyable, de draguer comme ça tes internes...

— Draguer ? Mais c'est toi qui...

J'ai pris conscience à cet instant que Jean-Patrick ne pouvait pas à la fois être devant moi et plaquer son bassin contre mes hanches. Mais alors, le type qui se frottait contre moi tout à l'heure... J'ai effectué une rotation affolée, étouffé un cri et repris avec beaucoup d'efforts ma position initiale.

Sans oser regarder mon interne, j'ai rigolé. Un bon rire est un rire désespéré.

— Ecoute, Jean-Patrick... Je préfère qu'on s'en tienne là. Nos rapports sont de nature professionnelle et doivent le rester.

Dans la musique et le vent, ça faisait : “trick… Je… rapports… rester.” La dernière fois que j’avais été aussi humiliée, c’était quand j’étais sortie des toilettes pour entrer dans un amphi. L’arrière de ma robe était resté coincé dans ma culotte. J’avais mis longtemps à m’en apercevoir : j’étais habituée aux hurlements sauvages des étudiants accueillant les chargés de cours, pas de quoi se formaliser.

Jean-Patrick et moi sommes remontés en nous frayant un chemin maladroitement. Excusez-moi, excusez-moi, excusez-moi. Nous aurions dû foncer, jouer des coudes, nous précipiter. Et qu’aurais-je vu ? Paola qui regagnait sa place en vitesse après avoir kidnappé le fils dont elle rêvait ? Etienne qui s’était éclipsé pour tuer un adolescent qu’il aurait adoré mettre dans son lit ? Richard ? Nora ? Et puis quoi encore ? La seule irresponsable de la soirée, la seule tarée, il ne fallait pas aller bien loin pour la contempler.

8

L'OMBRE PORTÉE

16 juillet 2002, 14 heures

— Martin nous a rejoints. Il va mieux aujourd'hui. N'est-ce pas Martin ?

C'était un euphémisme. Martin vibrionnait, en pleine tournée créative avec ses propres arrangements.

— Grâce à Bowie, j'ai trouvé la musique de mon livre !

— Qu'est-ce que tu racontes ?

— Tu connais les musiques de films ? Eh bien c'est pareil pour les livres : chaque roman a sa musique. Moi, c'est *Starman*. C'est l'air glorieux qui résonne dans ma tête quand j'écris, et j'espère que c'est celui qu'entendra le lecteur. Grâce à David, j'ai trouvé aussi le sujet de mon livre : Bowie en personne.

Ce qui frappait le plus chez Martin, c'était le décalage entre sa voix limpide, rassurante (une voix de télévangéliste aux accents convaincants) et les inepties qu'il proférait à longueur de journée.

— Incroyable ! Et comment tu l'as appelé, ton roman ?

— *L'Ombre portée.*

— Quoi ?

— C'est un terme de photographie. Je l'ai pris comme image, tu vois, pour parler de l'ombre que nous fait Bowie mais aussi de son ombre que nous endossons, que nous portons : c'est tout ça, l'ombre portée...

Richard s'est mis à se balancer d'avant en arrière dans un de ces gestes masturbatoires qui n'auguraient rien de bon. Il s'est adressé à Martin sur le ton agressif habituel :

— Je n'aimerais pas être toi... D'ailleurs je ne t'aime pas. Tu es impur.

— Mais qui te demande de m'aimer ?

— C'est ce que demandent tous les écrivains.

— Ah ouais ?

— Quand tu t'isoles des autres, que tu sacrifies tout pour écrire des mots que tu présentes ensuite comme un bébé montre sa couche, c'est pour quoi à ton avis ?

— Richard et Martin, on en a tous assez !

Rien ne semblait pouvoir les arrêter dans leur petite course aux armements personnelle. Cette éternelle surenchère nous épuisait et les figeait dans un rôle qui bloquait leurs progrès possibles. Richard, en solo, avait déjà pas mal de défauts. Son projet incroyable semblait être de s'asphyxier avec sa propre odeur (un comble pour un type qui traquait l'impureté chez les autres). Mais, en couple, il se surpassait.

— Un bébé qui montre sa couche… Samuel, c'est comme ça que tu vois les choses ?

— En gros, oui.

— Et en moins gros ?

— Mais ça suffit vous deux !

A l'image de ces enfants qui se présentent au téléphone en annonçant “c'est moi” parce qu'ils imaginent être le seul *moi*, Martin et Richard occupaient toujours la scène sans scrupule. J'imaginais que ça arrangeait les patients timides ou introvertis mais j'en connaissais un ou deux qui devaient se sentir bien frustrés de ne pas s'exprimer.

Mon rôle était de contenir nos fascinants duettistes mais, ce matin, je me sentais dépassée. Dépassée et fatiguée. J'évitais en général de sortir le dimanche soir, sinon la semaine entière me paraissait pénible. Je ne récupérais plus comme à trente ans. Hmm… Quand me venaient des réflexions aussi originales, je me faisais bâiller moi-même.

De son côté, Martin se révélait en pleine forme et tout à fait constant dans son déni étincelant des autres patients.

— En plus je présente un atout incroyable pour les éditeurs. Mon prénom comporte autant de lettres que mon nom : Martin VIOLEY, ce qui permet de les superposer exactement sur la couverture. Pas besoin de grossir les caractères de l'un ou de l'autre, pas de temps perdu.

Etienne était sceptique.

— Mais, ton livre, il va plus loin que la couverture ? Il raconte une histoire ?

— Bien sûr : l'histoire d'un meurtre, parce que je ne voulais pas parler simplement de Bowie avec en chapitre I ses qualités, et en chapitre II ses défauts. J'ai donc imaginé un roman policier. L'intrigue tourne autour d'une erreur concernant l'heure du crime. Un témoin a dit qu'il était 13 heures quand il a vu une ombre s'enfuir. Personne ne lui a demandé comment il savait qu'il était 13 heures. Si on lui avait demandé, il aurait répondu : "Parce que j'ai entendu l'horloge du village sonner une seule fois et que je venais de manger." Or, entre 12 heures et 14 heures, l'horloge sonne trois fois un coup : à 12 h 30, pour marquer la demi-heure, à 13 heures, parce qu'il est une heure de l'après-midi, et à 13 h 30, de nouveau pour marquer la demi-heure. Tu vois l'astuce ?

Un meurtre ? Si j'en croyais la loi des séries, quand un de mes patients en parlait, un flic ne tardait pas à se présenter.

Richard n'a pas semblé surpris. Il avait déjà dû dévorer le roman de Martin en cachette, d'autant que ce que Martin appelait roman se résumait en général à une vingtaine de pages manuscrites. Etienne a applaudi :

— Génial. On ne va pas devoir se farcir une explication de texte des chansons de Bowie, du genre : quand il demande dans *Ashes to Ashes* si on se souvient d'un gars dans une chanson antérieure où il est question de "*Ground Control*", à qui David Bowie fait-il référence ?

Paola, qui n'oubliait pas qu'elle était prof, a répondu :

— Au major Tom de *Space Oddity* bien sûr. C'était onze ans plus tard, il suffisait de suivre… Cela pourrait donner lieu à une thèse de doctorat : *Les Autocitations dans l'œuvre de Bowie.*

Lyse paraissait plus réservée sur l'idée de Martin.

— Dans les chansons de David, on retrouve tous les genres littéraires : la comédie, la tragédie, la science-fiction, l'autobiographie… Mais le roman policier ? Je ne crois pas.

Plus de doute : avec mon idée tordue, j'avais fabriqué des monstres. Mon désarroi a dû transparaître car Martin s'est efforcé de me réconforter. Martin le secouriste…

— Ne t'inquiète pas Marianne, mon livre s'écrit tout seul. Simplement, de temps en temps, je dois me lever pour vérifier si les mots se sont ajoutés dans l'ordre sur mon carnet.

Richard a ricané :

— Et tu envisages de le publier ?

— Oui, à condition qu'il soit vendu moins cher que les romans de Martin Amis.

Paola a jeté un coup d'œil aux pages ouvertes sur les genoux de Martin. Elle a frémi, avant d'observer simplement :

— Mon grand, on ne laisse pas le moteur tournoyer. Tourner, c'est suffisant.

Martin n'appréciait pas trop les corrections.

— Bon, j'y vais. Il faut que je me dépêche de voir comment tout ce que je sais va être raconté.

— Attends ! Je veux que vous restiez tous encore quelques minutes. J'ai une photo à vous montrer. Prenez le temps de la regarder, et dites-moi si ce visage vous rappelle quelqu'un.

Richard a frappé dans ses mains.

— Marianne, tu n'as pas l'impression d'avoir déjà vécu cette scène ? Après, je t'ai dit que j'avais vu un documentaire sur les incestes et tu as rectifié : "Sur les insectes." Pas vrai ?

— Pas vrai… Martin, tu peux jeter un œil là-dessus ?

J'ai remarqué le silence de Paola. La fixité de son regard, sa bouche tombante me rappelaient son expression lors de son admission, un mois plus tôt. J'avais ce jour-là repéré sa démarche typique : ses bras ne se balançaient pas quand elle se déplaçait ; ils pendaient, inertes, le long du corps.

— Paola ?

— Docteur, j'ai de nouveau des pensées obsessionnelles.

— Que disent-elles ?

— "J'entrevois trente possibilités et pas une seule n'est la bonne."

— Des soucis en ce moment ? Tu es fatiguée ? Anxieuse ?

Paola souffrait d'une dépression larvée, jamais soignée avant son arrivée.

— Ici, je me sentais enfin protégée et…

— Oui ?

— Non, rien.

Paola, mère d'un enfant mort à six mois de grossesse. Mère de l'une des plus petites vies du monde. Mère mort-née. Elle se voyait comme une survivante et elle n'était pas la seule : la plupart de mes patients portaient en eux des choses mortes, de tous âges et de toutes sortes.

— On se verra à part tout à l'heure. Reste en retrait pendant le forum, si tu préfères. Mais j'aimerais que tu examines la photo comme les autres…

Les altercations entre patients déstabilisaient toujours les plus fragiles. Certains ne supportaient pas les cris et la violence, au point de se lacérer la peau s'ils en étaient témoins. Leur seule manière de ne pas subir la scène, de redevenir actifs, c'était de retourner la violence contre eux. Il fallait vraiment que je calme Richard et Martin, ou que je les sépare.

La photo de l'adolescent a entamé une petite ronde saccadée, passant de chaise en chaise. Paola a cillé, Lyse a chancelé, Nora a porté sa main à la bouche (mais pas pour se faire vomir), Etienne a gémi, Richard a ri et Martin n'a rien dit. Très franchement, j'avais bien l'impression qu'ils connaissaient tous le jeune garçon.

C'est alors que Chloé est venue me prévenir :

— Le capitaine Malgoire voudrait vous parler.

— Je m'en doutais.

J'ai voulu le rejoindre dans le hall mais je n'ai vu personne. Je suis revenue sur mes pas et Chloé a lâché :

— C'est bête : j'ai oublié de vous préciser que c'était au téléphone.

J'ai voulu accrocher le regard de Chloé mais elle s'était détournée. Et déjà rejoignait Jean-Patrick. Ses grosses boucles blondes et ses lèvres tendres la rendaient très crédible dans un rôle de maîtresse. Je ne comprenais pas ce qui retenait mon interne. Peut-être rien. Je ne savais pas tout et je ne voulais pas tout savoir.

J'avais demandé à Jean-Patrick de m'assister dans les groupes de parole et d'observer. Des réactions pouvaient m'échapper, nous n'étions vraiment pas trop de deux. Après chaque séance, nous confrontions nos points de vue et diagnostics, un échange purement professionnel. Seule Chloé semblait y voir autre chose : la tentative pathétique d'une femme de quarante ans de séduire un type plus jeune qu'elle avec une arme pas trop enrayée, son cerveau. Difficile de lui donner tort. Mais l'idée que mon interne était marié (de cette génération d'hommes mariés, intemporelle en fait, qui ne portaient pas leur alliance) avait refroidi mes ardeurs.

J'ai pris le combiné.

— Dr Candela à l'appareil.

— Bonjour docteur. On a du nouveau. Je tenais à vous en informer : le garçon a été retrouvé…

— Ouf !

— … assassiné.

Le bonheur est éclatant, alors que le malheur a un tas de dégradés, de couleurs plus subtiles et plus variées. Intéressons-nous au malheur.

— Où était-il ?

— Dans la garrigue, à deux cents mètres de l'hôpital. Il a été étranglé… et poignardé, avant ou après on ne le sait pas encore. Nous attendons les résultats de l'autopsie. Ses poignets portaient l'empreinte de liens serrés.

— Vous êtes sur une piste ?

— Oui, mais c'est une piste noire. La mort remonte à quelques heures seulement. La question est : qu'a-t-il fait depuis dimanche ? Etait-il déjà entre les mains du tueur… ou des tueurs ?

— Euh… Je peux vous rappeler ?

Mon cœur faisait des ratés. J'avais toujours préféré la compagnie de mes éclopés, de mes chers fous, à la fréquentation de mon âme. Mes patients étaient bienveillants alors que mon passé, mes idées, mes idéaux voulaient ma peau. Et voici que subitement je doutais. Je ne me sentais plus en sécurité. En quelques minutes, ma conviction s'était forgée : ce qui était arrivé au môme, ils le savaient.

9

ET TOUS LES AUTRES RESTENT SANS VOIX

— Attention, la voilà…

Bruit de chaises qu'on recule. Sourires amidonnés.

Les patients ont pris la parole tour à tour, chacun avec son style, son rythme, sa psychose.

— Paola : Les jambes de Bowie sont peut-être courtes dans leur conception, mais longues dans leur pouvoir d'évocation.

— Lyse : Après avoir fait l'amour avec David, je ne me souviens plus de rien. Et donc je suis désolée de ne pas pouvoir vous en parler.

— Richard : Mon moment préféré, c'est quand on arrive au milieu du concert et qu'on sait qu'après la mi-temps Bowie revient sur le terrain.

— Etienne : Et, à la fin, pas question pour lui de nous demander si on a tout retenu : ce n'est pas une leçon. Et pourtant, non seulement on a tout retenu, mais en plus on a chanté en même temps.

— Nora : Vous vous rendez compte que s'il a mal au ventre, ou s'il souffre de migraines, il ne doit rien laisser paraître ? Et il ne peut pas se dire : "Je me reposerai demain", puisque le lendemain il poursuit sa tournée…

— Martin : L'œuvre de Bowie appartient au patrimoine de l'humanité mais elle est accessible à tous, comme le pont du Gard. Les chansons que nous aimons, le moment où elles entrent dans nos vies forment une combinaison unique, aléatoire…

Alors là, j'ai explosé.

— Non mais je rêve ? Vous croyez que je ne vous ai pas entendus : "La voilà…" Alors, depuis le début, vous faisiez semblant de vous intéresser à Bowie ? Pourquoi ? Pour détourner mon attention ? Mais vous êtes fous ?

Ils ne comprenaient pas la gravité de la situation. Ils se sont racornis sur leurs sièges en plastique.

Richard a retrouvé ses vieux démons.

— C'est une machination des pompiers, des syndicats et de ma mère : ils se sont ligués pour me faire interner. Mais ils n'auraient pas pu réussir sans mettre dans le coup la maréchaussée et bien sûr tout le réseau des appels gratuits.

Dans la pièce, j'ai senti l'angoisse monter comme du mercure dans un thermomètre, un de ces vieux thermomètres aujourd'hui interdits. Martin s'est réfugié dans son délire de filiation.

— S'ils me retrouvent, ils vont me torturer. Je veux mon vrai père, Ludwig van Beethoven. Papa, si tu m'entends… Sinon préviens ton frère Goldorak qui connaît la sortie.

— Richard et Martin ont raison : ce pavillon est tout sauf un milieu hospitalier.

— Ouais. Drôle de zone pavillonnaire.

C'était féerique. Ils me menaient en bateau depuis deux jours ou davantage mais, puisque j'osais demander des comptes, ils se rebellaient et poussaient les hauts cris dans ce qu'ils semblaient prendre pour un aimable cercle mondain.

J'étais médusée et surtout je me sentais trahie. Bowie leur avait servi d'alibi : un prétexte pour ne pas parler de la réalité. Mais qu'avaient-ils donc fait ? Pas commis de crime quand même ? Une troisième question ne voulait pas affleurer : et pas sous ma responsabilité ?

Ma détresse a ému Lyse et, par un effet de dominos, ils sont tous tombés.

— Lyse : C'est ma faute. Je connaissais Dylan.

— Paola : Moi aussi.

— Etienne : Moi aussi.

— Nora : Moi aussi.

— Richard : Moi aussi.

— Martin : Moi aussi.

— Moi seule : Mais vous vous rendez compte qu'il est mort ?

— MORT ?

Les six voix superposées avaient l'accent de la sincérité (sauf une, plus haut perchée). Par quel mystère des patients qui se détestaient, se jugeaient et s'épiaient avaient su créer ce clan soudé ?

— Pour une fois, vous n'avez pas l'air de simuler. Bien. Quelqu'un peut-il me dire ce qui s'est passé dimanche soir ?

J'ai essayé de me représenter chacun de mes patients en assassin. J'avais un léger penchant pour

Martin. A mon avis, les plus dangereux étaient les écrivains.

Richard s'est interposé, bienveillant protecteur contre toutes les sortes de conspirations interstellaires.

— Attention ! Elle vous enregistre ! Elle va voler vos pensées pour les transmettre à nos ennemis. Elle va vous piéger... Taisez-vous, taisez-vous !

— Le concert ? Je ne m'en souviens plus.

— Moi non plus.

— Moi non plus.

— Arrêtez ! J'ai compris le principe. Mais quand on oublie à ce point, ce n'est plus de l'oubli : c'est un enterrement.

Avais-je eu raison de les entraîner dans cette sortie ? J'ai brutalement eu envie d'appeler mes parents pour leur demander conseil, puis je me suis ravisée : ils n'avaient pas hésité, eux, à m'emmener au cinéma voir *Roma* de Fellini quand j'avais six ans.

Je les aimais profondément mais je ne leur ressemblais pas du tout : leur insouciance, leur absence de tabous... C'était comme si mon code génétique s'était mis à improviser, ou comme s'il avait brusquement laissé son travail en plan.

— Mes voix méchantes m'ont dit que quelqu'un était mort.

— En l'occurrence, Richard, les voix c'était moi.

Devais-je appeler la police ? Ne pas être obligée de me décider tout de suite : telle était ma prière intime dans une vie passée en vent contraire.

D'un côté je n'étais pas du genre à me retrancher durablement derrière le secret médical, et il n'était pas question que je délivre des autorisations de sortie à mes malades avant que l'affaire ne soit élucidée. En règle générale, j'étais furieuse contre ceux qui prônaient la "psychiatrie ouverte" pour des schizophrènes ou des paranoïaques en crise : seul un internement pouvait dans ce cas protéger le malade lui-même d'un éventuel passage à l'acte, suicide ou agression. Interner des gens ne doit pas être une sanction mais un acte de soin qui les soulage et offre un répit aux proches. De l'autre côté, je ressentais de petits picotements à l'idée de policiers venant piétiner mon travail de précision avec les malades. J'avais surtout cette intuition d'un dénouement possible à l'intérieur de l'établissement si je conservais intacts les ingrédients du drame. Je pourrais alerter le capitaine plus tard. D'un côté, donc, toute mon expérience professionnelle, de l'autre ma simple intuition.

C'est elle que j'ai suivie. Mais alors je n'avais plus droit à l'erreur. J'ai échafaudé un plan qui était aussi une manière de prendre mes patients à leur propre jeu. Et, je l'espérais, de prendre moi-même un peu de plaisir.

10

FAIR-PLAY

Dans toutes les langues, on a un mot pour plouc, péquenot ou demeuré. Dans toutes les langues, on a un mot pour mépriser. Mais je tenais à ce que l'hôpital reste un secteur épargné, un havre où mes patients ne se sentiraient pas jugés, quoi qu'ils aient fait. Ils devaient comprendre qu'ils pouvaient se confier.

Si tout se passait bien, grâce à mon idée, ils auraient envie de livrer leurs secrets sans avoir le sentiment de subir un interrogatoire, alors que l'irruption de policiers aurait conforté leur paranoïa plus ou moins masquée.

Je les ai observés. Deux portes-fenêtres perpendiculaires fabriquaient un petit carré de soleil où les six s'étaient regroupés, irrésistiblement attirés par la lumière. J'ai décrété que la pause était terminée et demandé à Jean-Patrick de m'assister.

Ma proposition était simple : me servir de Bowie pour les faire avouer. Bowie comme injonction thérapeutique.

— Bien. Pour résumer la situation, vous avez tous décollé de la réalité et vous êtes dans un état flottant. C'est finalement l'histoire de *Space Oddity*, une chanson de Bowie qui a accompagné pour la BBC les premiers pas de l'homme sur la Lune en 1969. Mais, comme le héros de la chanson, major Tom, il va falloir que vous osiez quitter votre capsule maintenant.

— C'est drôle que des gens comme nous, avec des parcours si différents, nous retrouvions ici pour discuter de David Bowie. C'est comme si nous nous étions donné rendez-vous par Internet.

— C'est précisément ce qui m'intéresse, Paola : vos parcours différents et le fait que, depuis le concert, vous ayez Bowie comme point commun. Que vous le connaissiez peu ou très bien, Bowie a joué un rôle, malgré lui, dans la vie de chacun d'entre vous. J'aimerais qu'on parte de là. J'aimerais vraiment qu'il en sorte quelque chose cette fois.

Silence perplexe de l'équipage. J'ai poursuivi ma petite théorie :

— Je vous invite à vous exprimer tour à tour, dans un décompte qui fera surgir la vérité, un décompte identique à celui qui précède l'envol de la fusée dans la chanson *Space Oddity* : *ten, nine, eight, seven, six, five, four, three, two, one... Lift off !*

Je sentais une poussée d'adrénaline à l'idée de basculer dans cette aventure, mais je n'avais pas encore convaincu tous ceux qui partageaient avec moi les dernières goulées d'oxygène terrestre, dans la salle polyvalente du pavillon B de l'hôpital. Je devais les guider davantage, comme une espèce de rampe de lancement humaine.

— Racontez seulement ce qui vous paraît important, comme si vous communiquiez par radio avec la tour de contrôle. Vous êtes seuls dans l'espace, vous ne vous préoccupez pas de savoir qui vous écoute. Donnez juste les informations permettant de connaître votre position… On s'en sortira ensemble, je vous le promets. Et on ramènera le major Tom à sa base, sur notre bonne vieille planète Terre. Faites-moi confiance, il ne connaîtra pas le sort affreux du cosmonaute de la chanson.

Jean-Patrick m'a jeté un regard tout neuf, ahuri et incrédule. Il s'est levé d'un bond et a quitté la pièce. Son départ m'a juste amusée. J'espérais qu'il trouverait tout le réconfort possible auprès de sa Chloé. Mais comment peut-on croire en l'amour, quand on s'y connaît un peu en chimie du cerveau ?

— Qui commence ? Lyse ?

DEUXIÈME PARTIE

Où l'on voit Bowie vibrer dans nos vies

10

DAVID BOWIE EST ATTENDU A LA CAISSE N° 7

Chacun se souvient du jour où Bowie est entré dans sa vie (et si ce n'est pas le cas, chacun a tort). Pour moi, c'était un petit matin d'avril 1983, avec du soleil à gauche, des nuages au milieu et du vent à droite. La radio diffusait *Modern Love* dans la voiture. Les premières mesures, on aurait dit les battements de mon cœur. C'était tonique comme un hymne national, vraiment libérateur et totalement incompatible avec une journée de plus comme caissière à Auchan. J'ai donc bifurqué à gauche (côté soleil) pour démarrer ma nouvelle vie de femme et d'artiste. J'allais chanter moi aussi. J'ai souri en pensant : Ce qui est défait n'est plus à défaire.

Désormais, aucun chef à l'horizon pour me dire :

— Tes horaires ont changé, Lyse. La semaine prochaine, tu travailleras le soir et le samedi.

C'était un code entre nous : Delcambre savait que j'avais une petite sœur handicapée à charge, plus un mari, donc il me rappelait de temps en temps qui faisait la loi ici. Il savait aussi que je comprenais son manège, donc ça créait un équilibre (enfin, la sorte d'équilibre qu'on peut espérer entre un patron et ses employés).

J'habitais une de ces villes du Nord que la bière veut maintenir hors de l'eau (l'alcool joue le rôle de pilotis). Les hommes font de petites haltes au bistrot avant de partir travailler et ils accomplissent les mêmes au retour, par souci de symétrie (un souci qui les honore).

La sortie dominicale, c'est encore pour boire. Je n'aimais pas du tout quand Jean-René se saoulait avant de prendre la route, mais je ne protestais pas. Ça ne valait pas la peine de se retrouver à l'hôpital pour six kilomètres de trouille.

Quand j'avais une dizaine d'années, ma mère faisait des ménages au lycée Van der Meersch, à Roubaix. Comme elle n'avait personne pour me garder, je l'accompagnais avant d'aller à l'école. Je m'installais dans la salle des profs dont la moquette orange sentait la fumée, et je lisais ce qui me tombait sous la main. Un jour, j'ai découvert une histoire qui m'a troublée : un type (un flic, je crois) essayait de sauver une femme de l'emprise d'un homme qui la battait. Une fois l'entreprise de sauvetage réussie, il s'installait avec elle. Mais elle dépérissait, plongeait dans une sorte de dépression. Alors il comprenait le truc : pour la faire réagir, il se mettait à la frapper. Et là, elle revivait et jouissait à en perdre haleine.

La morale m'échappait un peu (à l'époque, je jouais encore à la trottinette dans le parc Barbieux), mais si je peux dire une chose aujourd'hui, c'est que se faire coincer contre la boîte aux lettres à coups de poing et passer la nuit déshabillée sur le palier n'a franchement rien d'excitant. Ni pour moi, ni pour ma jeune sœur Lydie qui, depuis la mort de maman, ne m'a jamais connue indemne, sans trace de coup frais ou ancien, sans minerve ou plâtre au poignet.

— Si j'avais épousé Bowie, ça ne se serait pas passé comme ça. Et puis nous n'aurions pas eu de problèmes d'argent.

— Et même que "nous" n'existerait pas, reine des débiles.

J'aurais dû partir à ce moment-là. Quitte à dire au revoir à Auchan, autant tout arracher d'un seul coup. Pourtant je suis restée encore cinq ans. Notre couple était comme une voiture lancée à grande vitesse, un bolide qui mettait un temps fou à freiner.

Moi et mon mari… Entre nous, l'amour. Je dis bien "entre nous", comme une troisième personne glissée au milieu et qui n'avait plus rien à voir avec nous.

Récemment, j'ai vu un reportage à la télé. Une explosion de gaz spectaculaire a fait une dizaine de victimes et tout le monde était ému. Le président de la République a même prononcé un petit mot. Est-ce que, dans notre pays, les huit femmes battues à mort chaque mois devraient l'être le même jour au même endroit, pour avoir une chance d'arracher à leur tour quelques larmes ? Ce serait une idée.

Notre enfant est né deux ans après ma découverte de Bowie, au moment où ma carrière de chanteuse commençait à prendre tournure. Bien sûr je lui en ai voulu, au gosse, et aussi à Jean-René qui n'avait pas fait attention. On aurait dit qu'il voulait saboter toutes mes chances de succès. Mais, cette fois, plus question de me laisser faire. Grâce à Bowie, j'avais grandi. J'ai placé ma sœur Lydie dans un centre. En 1988, j'ai créé mon propre groupe avec mes amis Joël, Fred et Milou. Au mois de mai, j'ai réécouté *Modern Love* pour me donner du courage, j'ai ressenti le coup de fouet que j'attendais et j'ai pu, sans regret, claquer la porte de la maison.

J'ai laissé Dylan (il n'avait que trois ans, il serait toujours temps de le reprendre quand j'aurais réussi) et un petit mot d'explication à Jean-René *("Je veux vivre MA vie. Et puis, comme ça, tu vas voir ce que c'est que de s'occuper d'un enfant.")* Ensuite je me suis installée pour un mois chez mon amie Sylvette, le temps de toucher les premiers cachets du groupe.

En quittant Jean-René, j'avais pris un risque. Je n'étais pas aveugle, je voyais bien que le regard des hommes ne s'arrêtait plus sur moi. Il rebondissait. Mais l'important, à cette époque, c'était la musique : la mienne et celle de Bowie. Quand je composais, j'avais besoin d'écouter beaucoup de disques. Les cassettes vidéo, c'était bien aussi car David se regarde autant qu'il s'écoute. *I absolutely love him...*

Me demander de choisir entre deux albums de Bowie, c'est comme me forcer à dire, entre deux modèles de cuisine, lequel est mon préféré. Quand la technique y est (et Dieu sait que David la maîtrise parfaitement, il s'entoure toujours des meilleurs musiciens), quand l'émotion y est (et devant un beau plan de travail en lamellé-collé et des caissons de rangement assortis, on a de quoi sentir son cœur chavirer), on est dans le domaine de l'art, il n'y a pas à tortiller.

Parfois, quand les cachets se faisaient rares (je veux dire : encore plus rares), je pensais que j'avais été un peu folle de quitter Auchan. Un jour, j'ai cessé de le penser et je me suis présentée pour reprendre ma place. J'avais dépensé toutes mes économies pour les tournées dans les kermesses et les mariages. Or, sans économies, envolés les amis.

Delcambre me l'a fait payer cher. Pourtant, avant mon départ brutal, j'avais rendu un tas de services. Pour dépanner le chef, un jour, je lui avais même présenté Jean-René.

— Voici mon mari électricien.

— Ah, l'électricien… avait dit Delcambre, comme si j'avais d'autres sortes de maris.

Et il l'avait fait travailler tout l'après-midi gratis, pour remettre en état le tableau électrique. A la fin de la journée, il lui avait offert une canette de bière.

En 1983, je jouissais d'une belle petite ancienneté aux caisses. Désormais, il me fallait tout reprendre de zéro. Mais j'allais donner le meilleur de moi-même (tout ce dont le public n'avait pas voulu). Très vite, je suis revenue en tête du classement, pour le rythme et le chiffre d'affaires. Au sommet du top 50 des caissières. Même Delcambre a bien été obligé de le reconnaître.

Un jour, il nous a convoquées, ma copine Sylvette et moi. Quand il m'a désignée comme caissière en chef, j'ai compris. C'est comme l'élection des miss : être choisie comme première dauphine quand on n'est plus que deux en lice signifie qu'on ne sera pas la miss. Etre choisie la première n'est pas toujours une bonne nouvelle. Et voilà : c'est Sylvette qui a eu le poste de responsable de la formation. Elle est même payée pour apprendre l'anglais. C'est plutôt moi qui en aurais eu besoin pour comprendre Bowie.

Ça ne m'empêche pas de chanter avec David : lui sur CD, moi en vrai. Ça rend très bien, on dirait des voix jumelles. Je connais toutes ses chansons par cœur. Je sais quand il faut dire *"Oh yeah"* dans *Ziggy Stardust*. Mais je suis de plus en plus inquiète pour lui, qui poursuit sa carrière sans moi. Heureusement que je peux me confier à Sylvette quand on se croise à la pause.

— Tu penses que Bowie a quelqu'un pour lui signaler en répétition que l'un de ses gestes au micro n'est pas formidable ? Je pourrais être ce quelqu'un.

C'est vrai : ce n'est pas parce que je l'aime que je n'ai pas le devoir de le critiquer, comme je le fais avec mes amis. D'ailleurs je lui écris souvent pour lui prodiguer des conseils, et il ne l'a jamais mal pris.

— Et tu lui dirais quoi ?

— Je lui dirais que tous ses gestes sont formidables.

Quand j'étais petite, j'étais amoureuse du David de *Pomme d'Api*. Adolescente, je brûlais pour l'acteur David Carradine. Et maintenant, mon cœur battait pour David Bowie. Mais qu'est-ce que j'avais avec les David ?

Il n'empêche : Bowie me déçoit parfois, quand j'apprends que certains morceaux de poésie pure ne sont pas de lui. C'est comme si on le défigurait, comme si on lui faisait une greffe de peau.

Sylvette me regarde d'un air anxieux. Je sais que je suis gâtée par rapport à elle, parce que j'ai David Bowie dans ma vie. Elle me demande :

— Ce serait quoi, ton rêve ?

— Que David s'endorme dans mes bras. Une nuit très chaste…

Evidemment, le stagiaire en patins à roulettes déboule pour mettre son grain de sel. Il adore se moquer de ma passion.

— David… Bowie ? Ne te fais pas de souci : montre-toi nue et, à mon avis, il s'endormira vite. Il préférera le faire. Il aura intérêt à le faire.

Il n'a pas tort. En 1990, j'aurais formé avec Bowie un couple crédible : je ressemblais alors à la danseuse avec laquelle il se produisait à Bercy (et attention… vivre avec lui, ce n'était pas du pur fantasme : je voyais très bien ce que Bowie donnerait dans la vie normale, parce que dans le clip de *Blue Jean*, la parodie de *Billy Jean*, il joue à la fois la star sur scène et le pauvre type dans la salle, et ce pauvre type me plaît aussi). En 1990, j'aurais été la femme idéale. Dix ans plus tard, j'admets que je n'ai plus aucune chance : maintenant que Bowie est resté jeune, ça ne collerait plus du tout.

J'ai tout de même reçu un choc en apprenant son mariage avec Iman. Il avait eu raison de divorcer de sa première épouse, une vie de star ne s'accommode pas d'une vie de famille, mais remettre ça avec cette fille… Personne ne croit à ses cheveux raides. Elle a un brushing qui montre tellement que c'est un brushing que personne n'en voudrait à part elle.

Le mardi, on fait des promotions au rayon "Hygiène et beauté" : pour deux produits inutiles achetés, un troisième produit inutile offert. Si vous êtes libre ce jour-là, n'hésitez pas (mais si vous ne l'êtes pas, hésitez). C'est incroyable, le succès des recettes pour rester jeune et mince. Les mannequins veulent nous faire croire qu'elles ont la chance de manger tout ce qu'elles veulent. Mais, naturellement, aucune ne nous dit ce qu'elle veut.

Comme je n'habite plus avec mon enfant, j'ai pris un chat. Je l'ai appelé Major Tom. Il ne pleure pas la nuit, ne demande pas quatre repas par jour, mais ce n'est qu'un chat. Parfois, Dylan me manque. J'avais prévu de le reprendre quand j'aurais réussi et je n'ai pas réussi. Il faut rester fidèle à sa ligne de conduite. Ne jamais se renier. Tant pis pour moi.

Je me souviens des premiers temps, après mon départ d'Auchan : je ne voulais plus me lever tôt, je voulais mettre de l'adrénaline dans ma vie. Je regardais en boucle les clips de Bowie. J'étais prête à décoller.

Aujourd'hui je vois bien que ma vie s'enlise (tiens : Lyse s'enlise), que je n'arriverai jamais à rien avec mes journées de caissière et seulement le soir et le week-end pour répéter alors que je suis vidée. Je crois que David approuverait ma décision : non seulement quitter définitivement Auchan, mais aussi quitter le Nord qui a contenu puis anéanti toutes mes illusions.

Si j'ai un regret, c'est de ne pas être née dans l'après-guerre. Avoir vingt ans en 1969 n'est pas du tout pareil qu'avoir vingt ans en 1990, quand on se situe dans l'amour de Bowie. Les "fans de toujours" ne sont pas tous égaux. Les "fans de toujours" âgés ont beaucoup d'avance sur les "fans de toujours" jeunes.

Je prépare un sac à dos avec l'essentiel : des CD de Bowie, la biographie de sa femme Angela prêtée par Fred, un habit de rechange et le solde de tout compte d'Auchan. Et puis je descends la France en stop, mais le troisième camionneur oublie de me tendre mon sac quand je descends à Lyon. Je suis anéantie. La fin du voyage devient beaucoup plus compliquée : j'ai mis vingt heures pour parcourir Lille-Lyon (c'était déjà assez long, ça a un rapport avec ce que j'ai dit tout à l'heure sur le regard des hommes), et je mets une semaine pour Lyon-Nîmes, le temps de récupérer psychologiquement, et de gagner quelques sous en faisant la plonge et la manche.

Quand un professeur de Montpellier me laisse finalement sur le périph de Nîmes, personne ne pourrait me reconnaître, surtout pas moi qui ne suis jamais sortie de ma maison sans maquillage.

En ville, je dégote vite les bonnes combines : le squat en face de la voie ferrée, les fruits ramassés à la fin des marchés, avenue Jean-Jaurès ou aux Halles, les sorties de messe pour l'argent liquide… Le problème, c'est que je me fais souvent voler le peu que j'ai glané. Je commence à prendre de la drogue pour l'ivresse. Mais l'alcool, pas question : j'ai vu ce que ça donnait sur Jean-René (et puis je suis sûre que j'aurais le Bowie triste).

Je n'ai qu'une terreur : que David me découvre dans cet état. Je me dégoûte moi-même. Un jour où je lui parle haut et fort pour le dissuader de me rejoindre cette année (il faut attendre que sa fille soit assez grande avant de quitter Iman, qu'il ne fasse pas la même bêtise que moi), un habitant de la rue de l'Aspic, que j'avais déjà remarqué, s'arrête près de moi. Il me demande si j'ai été suivie.

Je me retourne en vitesse et je réponds :

— Non, je ne crois pas.

En fait, il voulait dire : par un psychiatre. C'est lui qui me conduit à l'hôpital, parce qu'il a une amie docteur qui aimerait sûrement me rencontrer. Je suis d'accord, mais je décide dans ma tête de ne pas lui parler de David. Elle est médecin, elle aurait sûrement plus de chances que moi de réussir à le séduire.

C'est pour ça que je tombe des nues quand, trois ans plus tard, Marianne m'annonce que nous sortons voir Bowie en concert. Je comprends alors qu'elle est machiavélique, qu'elle a espionné mon cerveau et que, maintenant, son projet est de me tester. Je reste stoïque jusqu'à ce que Bowie surgisse dans les arènes (en réalité, avant de venir, je me suis sentie comme un yaourt qui approche de la date limite : il n'a plus grand-chose à voir, dans sa composition, avec un yaourt).

Je fonds quand David joue *Heroes*. Cette chanson, c'est comme s'il m'avalait pour me recracher à la fin, toute sucée. Le groupe des musiciens le porte et le soutient. Franchement, Gail Ann Dorsey a dû vivre le plus beau jour de sa vie quand Bowie lui a annoncé qu'il la prenait comme bassiste. S'il ne m'avait dit que la moitié de cette phrase, j'aurais été folle de joie :

— Je voudrais te prendre…

Il joue certains morceaux que je n'aime pas, mais impossible de résister et de ne pas danser, comme sur *Fashion*. Je ferme alors les yeux ou je regarde l'effet sur le public de mon David.

C'est alors que je reconnais Dylan, seul à avoir le dos à la scène, le visage levé vers moi. Je ne l'ai vu qu'une dizaine de fois en quatorze ans, mais il ressemble tellement à son père quand il m'a demandée en mariage que le doute n'est pas possible…

Alors, au moment où Marianne descend avec Jean-Patrick pour se rapprocher de Bowie, je me rapproche de mon fils. Je ne suis pas surprise de sa présence. Au fond de moi je l'attendais.

Il me dit qu'il ne m'en veut plus, qu'il préfère fuir son père parce qu'il le frappe et qu'il désire habiter chez moi. Je lui explique que je vis dans un hôpital et c'est alors que Paola montre son nez. Elle pense que ce serait une bonne idée si Dylan nous accompagnait. On trouvera bien à le loger : c'est grand l'HP. On dirait que Paola est une hôtesse et que le pavillon B de psychiatrie, c'est sa maison ou son gîte rural. Peu importe, j'ai justement besoin que quelqu'un prenne les choses en main. Alors on s'organise pour que Dylan nous rejoigne là-bas.

On met aussi dans le coup Nora qui l'héberge la première nuit et lui donne ses portions de repas avec joie. Du coup, les infirmiers croient qu'elle va mieux, qu'elle s'est remise à manger. On rigole sous cape. Toute la journée, Dylan passe de chambre en chambre, au gré des visites et des soins. On est toutes tellement contentes de le cacher. Pour moi, c'est l'événement le plus marquant depuis des années. Je sais que des pays sont en guerre, que des attentats sont commis, que des catastrophes naturelles se relaient aux quatre coins du monde, mais rien n'est plus impressionnant que de retrouver son enfant.

Et puis, le lendemain matin, Dylan disparaît. Ça me rappelle la manière dont Bowie me quitte brusquement à la fin de certaines chansons, *Sound and Vision* par exemple, comme s'il ne voulait pas s'attarder, ne pas gêner… Mais tu ne me gênes pas, David !

Vous me dites à présent que Dylan est mort. C'est impossible. Ça voudrait dire qu'on vit un moment heureux tous les dix ans ou plus, et que le prochain reviendra en 2012 ? Vous croyez vraiment que je vais le supporter ?

9

EMPLOI FICTIF

Quand je regarde les mannequins des magazines, je les trouve belles et puis j'apprends qu'elles ont été refaites. Je n'ai jamais voulu cela, je ne leur ai rien demandé. D'où leur vient l'idée que c'est ce que j'attends d'elles ?

Dans leur corps, tout ce qui est féminin a une forme de cœur : fesses, seins, coiffure. Elles racontent qu'elles sont épuisées par leurs castings et leurs défilés internationaux. J'aimerais leur proposer une chose, juste une : échanger nos fatigues…

Je suis une forme atténuée de vie, perçue à travers un caisson d'isolement, un caisson qui serait lui-même resté coincé dans les années 1960. On me dit de laisser faire le cours des choses. Mais les choses que j'aime n'ont plus cours.

Les relations humaines sont devenues des jeux télévisés : si la dernière réponse n'est pas la bonne, on perd tout le capital accumulé. Et ce ne sont pas des impressions générales (plutôt des dépressions générales).

En amour, c'est encore plus vrai. Je redoute toujours l'instant final où les hommes me quittent avec le fameux mot de consolation : “Paola, je n’ai rien à te reprocher” (s’ils ne disent pas “Nous n’avons rien à te reprocher”, c’est simplement qu’ils ne partent pas tous en même temps). S’ils savaient, ces hommes magnanimes, comme je rêve au contraire du reproche qu’ils auraient à me formuler. Je pourrais alors leur demander ce que c’est et la question serait réglée.

Du coup, je me façonne avec la solitude qui permet de vivre de vrais sentiments : vraie liberté, vraies terreurs, vraies dépressions. Depuis trois ans (la rupture avec mon petit ami lyonnais Yvon), il semblerait que je me constitue le casier amoureux idéal pour entrer dans la fonction publique du sexe : quasi vierge, aucun écart. C’est dur. Le soir, je me déshabille dans le noir (comme ça j’entends quelqu’un se déshabiller et je ne suis pas obligée de savoir que c’est moi).

J’ai laissé le store du salon dans la position où Yvon l’avait mis, un peu trop bas. En trois ans, jamais trouvé la force de le relever. Si j’avais su, quand nous avions fait l’amour un dimanche soir, que ce serait la dernière fois, je ne me serais pas conduite comme si ce n’était pas la dernière. Ce qui était prévu, c’est que ce soit juste une fois de plus. Des caresses devaient être poursuivies, des gestes attendaient leur suite logique… On ne suspend pas l’amour physique sans préavis. C’est aussi violent que… disons, l’arrêt d’une série télévisée, quand la chaîne ne nous a pas prévenus qu’elle n’avait acheté qu’une saison.

Yvon m'avait laissé par la suite un message écrit sur mon téléphone portable, une espèce de bénédiction papale : "*Tu mérites d'être heureuse, sois-le...*" Et puisqu'il m'avait déjà fait le coup un mois plus tôt (pour ce qui se révélait, à la lumière des événements nouveaux, une répétition générale de la séparation finale), j'avais répondu : "*Ne me raccompagne pas, je connais la sortie.*" Pourquoi cet altruisme, cette soudaine bienveillance au moment des grands départs ? C'est comme ces hommes qui disent admirer les femmes (pour leur courage, leur vie professionnelle, leurs travaux domestiques...) : en réalité ils les détestent. Il ne faut pas admirer les femmes, il faut les aider.

Avec Yvon, le déclencheur de la rupture avait été si dérisoire qu'il me laissait peu d'illusions sur la profondeur de notre relation : il m'avait offert une robe, et quand il m'avait tendu son cadeau tout bigarré, enveloppé avec un tas de rubans, je m'étais exclamée :

— Quel merveilleux emballage !

Mais ce n'était pas l'emballage.

Bref. On ne peut pas dire que, pour l'amour, je ne sois pas prête, non. La vérité est que je suis et serai de moins en moins prête. La quarantaine est une période d'isolement (ce n'est pas un avis mais une définition). Je ne sors plus ; mon métier ne me met en contact qu'avec des adolescents et d'autres collègues dépressifs ; ma vie sexuelle prend la teinte de ces peintures rupestres découvertes au fond des grottes ; je ne pratique plus aucun sport ou plutôt si : je me remémore des exercices d'aérobic en écoutant de vieilles cassettes bien rythmées, seule dans mon salon, à l'abri des entraîneurs de salles de gym qui ne pensent qu'à calculer mon indice de masse graisseuse (35 %, c'est beaucoup ?).

C'est de cette manière que j'ai renoué avec Bowie, en faisant mon numéro sur ces vieux enregistrements. Je l'avais découvert dans *Ashes to Ashes*. Il faut imaginer l'effet produit en 1980 par un météore comme ce clip, un sommet du genre (le Pierrot et sa petite maman, vraiment bouleversants). Et donc, quand j'ai commencé à enseigner, j'ai décidé d'étudier *Space Oddity* avec mes élèves. Mais ce n'est pas ma chanson préférée. Ma préférée, c'est *Five Years* et sa formidable montée en puissance larmoyante. Elle est belle et romantique, tragique comme la vraie vie.

Quand j'habitais encore chez mes parents, j'avais vu à la télé Bowie entonner un chant de Noël avec Sinatra. Je m'étais dit : "Tiens, c'est ce registre qu'il aurait aimé ? Il a vraiment une belle voix, il aurait pu réussir comme crooner."

Ça m'avait donné envie de découvrir ses premières chansons à la guitare : *Uncle Arthur*, *Love You Till Tuesday*, *Maids of Bond Street*... elles avaient un petit côté folklorique, guilleret... Mais on sentait que c'était toujours une allégresse feinte, avec des drames humains en toile de fond.

Je suis fière d'être allée moi-même à la rencontre de Bowie. Mes parents ne possédaient aucun disque de lui. Finalement, c'est quand on est le plus à l'aise financièrement qu'on devient le moins curieux musicalement.

Pendant mes premières années d'enseignement, j'avais cessé de l'écouter. Je préférais Bryan Ferry... Cela faisait à peine un an que je m'y étais remise.

En dansant sur du Bowie, je joue à être folle et ensuite tout revient dans l'ordre. Je ne sais pas s'il serait très content d'apprendre que je me sers de lui pour l'aérobic, mais il aurait tort de ne pas l'être : il n'y a pas de petits emplois.

Ecouter Bowie quand on est fatiguée, pour une femme, c'est comme faire l'amour quand on est fatiguée : c'est encore plus délicieux. Et l'écouter le matin ou l'écouter le soir, ça n'a rien à voir. On n'a pas l'impression d'entendre la même chanson.

Parfois, quand je chante avec Bowie le weekend, je me rends compte que ce sont mes seules paroles de la journée... J'exagère : le samedi matin, j'ai la compagnie de Rose, ma femme de ménage. Mais elle m'énerve. Faire le ménage consiste pour elle à redistribuer les microbes différemment : chaussures sur le lit pour passer l'aspirateur, éponge de la salle de bains pour faire la vaisselle... Elle oserait faire ça chez elle ? Repousser le bac à légumes du réfrigérateur avec ses chaussures ? A croire qu'elle veut ma mort. J'imagine que Bowie doit lui aussi se protéger des maladies. S'il a prévu une tournée fatigante et s'il attrape la grippe, c'est la catastrophe. Il n'existe pas de remplaçant de Bowie, ce n'est pas aussi simple que pour nous, les profs.

Enfin ce Bowie est bien gentil, il sait être présent quand il le faut mais il ne comblera jamais l'absence d'un enfant. J'ai pris, il y a quelques années, une auto-stoppeuse mal en point (je prends toujours les femmes en me disant : au moins, elles ne seront pas violées aujourd'hui). Elle m'avait raconté que justement, si, Bowie avait remplacé son enfant. J'étais atterrée. Je n'avais rien voulu lui dire, car on ne voit que dans les films des gens qui se mêlent de la vie des autres pour leur bien. Mais je m'étais prise à rêver que, son fils, je pourrais l'adopter. La situation était si simple : elle avait un enfant dont elle ne voulait pas, je n'avais pas d'enfant alors que j'en voulais.

Dix ans plus tôt, le petit Paul avait tourné court dans mon ventre. Sa fin avait été celle de mon couple, de ma crédibilité de mère, de ma joie de vivre. Sa fin ne justifiait pas mes moyens. Sans arrêt, je jouais mentalement avec les scènes qui m'avaient le plus blessée, je ne pouvais pas m'en empêcher : la découverte du sang dans les draps, la panique de mon compagnon, la chorégraphie du personnel médical pour m'enlever le bébé, le traiter en petite chose morte, le faire disparaître. Quelques gestes absurdes et c'en était fait du minuscule tour de piste de mon petit Paul.

Avec Gilles, on l'avait attendu avec passion, béats. Et tout à coup on nous demandait de passer de l'enchantement à l'abattement, comme ces acteurs américains qui ne connaissent que deux registres de jeu : l'émerveillement ou la stupéfaction.

A l'hôpital, on m'avait demandé si je voulais voir mon bébé. Il paraît que la réponse correcte est oui. Le temps qu'il m'aurait fallu pour réfléchir à la question, je ne l'avais pas. Je m'étais donc ralliée à l'avis général. L'idée est qu'on a besoin de voir son enfant mort pour pouvoir en faire le deuil. Dans mon cas, c'était une mauvaise idée : Paul était mon premier enfant et il était décédé. Aussitôt a surgi la certitude que je ne pourrais en fabriquer que sur le même modèle : tout mignon et sans vie. Par chance, cette angoisse-là n'avait pas duré : quelques heures plus tard, mon hémorragie s'était conclue par une hystérectomie (qui, je l'ai appris ensuite, aurait pu être évitée). Toute possibilité d'avoir un enfant, mort ou vif, m'avait définitivement quittée. Pourtant je continuais à en vouloir un, désespérément. J'étais comme une sportive qui a suivi un entraînement intensif et qu'on interdit de compétition. J'étais prête, mille fois prête, mais jamais sélectionnée.

Le manque a grossi, grossi, ma phobie des microbes aussi et j'ai dû m'arrêter de travailler. Les élèves pouvaient me contaminer. Avec Gilles, nous habitions un appartement au troisième étage. Tout à coup, je me suis dit que ce n'était pas naturel, de dormir dans un lit suspendu à douze mètres du sol. J'ai été prise de vertiges. Je ne pouvais ni rester à la maison, ni travailler. Et, au lieu de reprocher à Gilles notre échec (le pauvre, il n'y était pour rien), je l'ai accusé de me contaminer aussi (et ça, c'était vrai : il me touchait tout le temps). Il a fini par partir, sans que mon état enregistre la moindre amélioration.

Puis j'ai compris que je me contaminais moi-même, alors j'ai osé une première tentative de suicide assez réussie. J'ai connu un léger mieux avec Yvon mais notre séparation m'a précipitée encore plus bas. C'est comme le café : la première fois de la journée qu'on en prend, la tension remonte et on se sent en forme. Le problème, c'est qu'ensuite la tension enregistre une baisse. Au fil des heures, plus on boit de café, plus l'effet remontant est limité et la chute de tension qui suit marquée, si bien qu'on finit la journée plus fatigué que si on s'était passé de caféine…

Rose a bien essayé de me réconforter. Quand elle ne fait pas de ménage, elle garde des enfants. Rose s'occupe notamment du fils d'un docteur. Elle n'arrête pas de me répéter que cet enfant serait bien mieux avec une mère comme moi. La sienne n'est jamais là pour vérifier ses devoirs ou lui raconter l'histoire du soir. Rose croit que ce qu'elle me dit est réconfortant. Rose m'énerve de plus en plus. Je n'aime pas qu'elle me rapporte ce qui se passe chez les autres, car je suppose alors que la réciproque est vraie.

A ma seconde TS, mes vieux parents m'ont hospitalisée en psychiatrie pour une cure de sommeil réparatrice. J'avais peur de tout, je ne prenais plus plaisir à rien.

Et là, le choc : je retrouve l'auto-stoppeuse, Lyse, qui semble installée au pavillon B en pension à vie. Confite dans sa névrose, elle ne me reconnaît pas.

Serait-elle seulement capable de reconnaître son fils ? L'avait-elle revu depuis son départ de la maison ? En douceur, je lui extirpe quelques informations : la ville de résidence de son gamin, le nom de son père. Et sur Internet, dans le bureau des infirmières, je retrouve l'adresse de Dylan. Dylan ! Et pourquoi pas Kevin, John-John ou Preston ?

Je lui écris en soignant mon écriture, avec des mots bien choisis. Je raconte mon destin tragique de femme déchirée entre sa vie d'artiste et son instinct de mère. Je fais de moi une belle victime finalement, toute mortifiée et demandant pardon. Mon fils bien-aimé accepterait-il de me rencontrer ? J'ai énormément changé, il pourra le constater. Et je signe :

Lyse, ta maman qui t'aime et t'attend de toutes ses forces.

Je poste moi-même l'enveloppe à l'entrée du parc de l'hôpital, car je me méfie des intermédiaires. Les jours suivants, je suis en alerte à chaque distribution de courrier. Si Dylan répond à sa mère, il faut que j'intercepte sa lettre. Mais mon petit message a atteint son but au-delà de mes espérances, puisque c'est Dylan lui-même qui vient à ma rencontre.

Ce que j'avais prévu : Dylan commençait à correspondre avec moi, pensant renouer avec sa mère, et je gagnais un gentil fils par procuration. En tant que célibataire, si j'avais voulu adopter un enfant, je n'en aurais pas obtenu un beaucoup plus jeune. D'ailleurs l'adolescence est un âge passionnant au cours duquel le dialogue avec les parents compte beaucoup.

Seulement Dylan a préféré traverser la France pour retrouver sa mère en chair et en os, et le concert de Bowie a tout gâché : nous étions tous aux arènes quand Dylan est arrivé à l'hôpital. Lorsqu'il nous a ensuite rejoints, informés par le veilleur de nuit, il était trop tard pour éliminer Lyse de mon plan. Et puis l'éliminer comment ? La persuader de sa guérison fulgurante, pour qu'elle quitte l'hôpital avant de revoir son fils ? La tuer ? Je n'étais pas une criminelle, juste une pauvre folle qui avait conçu un plan sans queue ni tête, au lieu d'envisager tout l'éventail des hypothèses possibles. C'est ça, les fous : ils ont du monde une vision biseautée, ne sont pas capables de se mettre à la place des autres pour anticiper leurs réactions. Si j'avais été dotée d'un peu d'empathie, j'aurais su que Dylan ne pouvait qu'accourir.

Comment un petit garçon abandonné par sa mère rêve-t-il du moment où il la retrouve ? Est-ce comme une fête avec de la musique et des lampions ? Ou au contraire deux cœurs qui flanchent en silence ? A-t-il appris un morceau de musique qu'il ne jouera que pour elle ? A-t-il répété les mots de pardon qu'il murmurera en s'enivrant de l'odeur de son cou ?

Il devait imaginer sa mère comme une star en tournée. Sinon, comment accepter qu'elle l'ait sacrifié à sa carrière ? On ne sacrifie pas son enfant à une carrière de caissière. Peut-être même a-t-il cru, en nous rejoignant aux arènes, que sa maman se produisait en première partie ?

Pour sa part, Lyse ne pouvait pas rêver mieux que des retrouvailles en présence de Bowie, comme si tout prenait sens d'un seul coup, comme si son univers devenait relié et cohérent. Elle a pleuré de joie sans hystérie, sans ostentation. C'étaient de vraies larmes de vraie joie.

Quant à moi, non seulement mon plan avait échoué mais j'avais dû encaisser en prime la reconnaissance dégoûtante de Lyse qui croyait à une intervention altruiste de sa seule confidente. Comme mère, je n'avais décidément pas de chance. Mère était pour moi un genre d'emploi fictif.

A part ce moment pénible, je dois avouer que nous avons vécu des heures merveilleuses avec le jeune garçon. Ce que j'ai ri ! Il paraît que les gens qui rient beaucoup vivent plus longtemps. M'est avis que les populations comparées de gens qui rient et de ceux qui rient moins doivent être étudiées par des chercheurs centenaires, qui sont obligés de vivre encore plus longtemps et donc doivent rire énormément.

Pour Dylan, on aurait dit une renaissance. Ou une naissance tout court. Et un nouveau-né, il faut en prendre soin. Lyse a accepté mon aide et nous l'avons caché avec la complicité des autres patients. On ne voyait pas le long terme, on pensait juste à prolonger les retrouvailles. On se sentait excitées aussi : c'était comme l'acte héroïque de protéger un résistant. On jouait surtout un mauvais tour aux docteurs (tant pis pour eux, ils n'avaient qu'à être présents quand Dylan était apparu, au lieu d'aller flairer Bowie près de la scène).

C'est alors que m'est venue une idée, pas délirante du tout pour une fois : si je ne pouvais plus me faire passer pour la mère de Dylan, j'étais au moins en mesure de jouer un vrai rôle utile. Dylan devrait préparer le baccalauréat l'an prochain, alors je pourrais lui donner des cours. Il serait mon élève, à défaut d'être mon fils (et on connaît tous l'ascendant des professeurs sur les élèves). Ce serait une issue honorable et je commençais à en envisager toutes les modalités : l'hébergement de Dylan, son inscription en candidat libre…

On s'est mis tout de suite à une espèce de bilan de compétences, pour voir où il en était de son programme scolaire, mais j'étais dévorée de questions que je piaffais de lui poser. Comment avait-il vécu son enfance et son adolescence ? "Soyez gentil avec moi parce que je n'ai plus de maman ?", "Tu peux bien faire ça pour moi parce que ma mère est partie ?"… Je ne le croyais pas. C'était un brave petit bonhomme, tout pétri d'angoisse. La vie peut être bien plus inquiétante que la mort, pour un gamin privé de sa maman.

Quand il a disparu, j'ai pensé que nous l'avions déstabilisé, avec notre affection débordante. J'étais en train de ruminer notre maladresse en thérapie de groupe, tout à l'heure, quand j'ai jeté un œil sur le roman de Martin. Il y a des livres qui vous remettent rapidement d'aplomb. Ceux de Martin, c'est le contraire.

Dans son carnet, Martin décrivait le meurtre d'un adolescent qui ressemblait comme deux gouttes d'eau à Dylan : mince, yeux clairs, beaucoup de cheveux. Un affreux pressentiment a commencé à me tarauder. Martin aurait-il été témoin de quelque chose ? Ou pire : aurait-il fait du mal à Dylan ?

Mes vertiges ont recommencé de plus belle. Je ne voulais accuser personne. Pourtant, quand le docteur est venu nous annoncer que Dylan était mort, j'ai su que je ne pouvais plus me taire…

J'ignore qui a tué ce garçon mais je ne peux pas m'empêcher de penser que s'il a été assassiné, c'est ma faute. Si je ne l'avais pas attiré ici, au milieu de ces fous… Oh pardon, Lyse, mille fois pardon.

8

*SORDID DETAILS FOLLOWING**

Il ne faut pas dire doucement que quelque chose nous a fait mal, sinon on laisse croire qu'on n'a pas eu mal.

— Ton minou est tellement adorable, Nora... Dommage qu'il soit vissé sous une tête aussi compliquée.

Bastien soupire et poursuit son mouvement impitoyable, comme pour jeter des pelletées de terre. Comme pour m'ensevelir de l'intérieur.

A la manière de ces échauffements sportifs qui n'ont rien à voir avec la discipline qu'on pratique (la course pour les boxeurs, la gymnastique pour les footballeurs), l'enfance ne m'a pas préparée à ce qui allait m'arriver : l'amour.

La première fois, la sensation a été si profonde... Je pense qu'elle s'est inscrite dans mon code génétique et qu'elle est désormais transmissible de génération en génération.

C'est juste après qu'a commencé le dégoût de la nourriture. Enfin... c'est plus un mélange d'attirance

* In *Ashes to Ashes*.

et de répulsion que du pur dégoût. D'abord j'avale voracement n'importe quoi, ça peut durer des heures. Puis j'ai mal au ventre, je vais aux toilettes et je m'enfonce deux doigts dans la gorge pour que tout ressorte.

C'est devenu un rituel quotidien. Je mange méthodiquement, sans plaisir, le contenu d'un demi-réfrigérateur puis je vomis. Le reste du temps, j'observe mon corps dans la glace, toujours décevant, jamais à la hauteur. J'envoie à mes intestins des informations contradictoires, riz et Microlax, Coca et compote, et je vois comment il se débrouille. Ma famille est impuissante et c'est comme ça que je la veux : atterrée, rivée à ma silhouette en chute libre. Je sais qu'elle est là mais je ne recherche aucun contact. J'évite de me retrouver à table avec mes parents et ma sœur. Mais j'aime leur cuisiner des plats riches, gras et sucrés, qu'ils dégustent seuls.

J'ai une sympathie immédiate pour ceux dont le corps est pénible, ingrat : chiens croûteux, malades incurables… D'ailleurs je veux être infirmière. Je voudrais soigner les pauvres d'Afrique.

Quand je vais trop mal, je me diffuse mentalement des images de bien-être, prises dans la vie des autres ou dans les magazines (ou les deux). Des fois ça marche et d'autres fois non.

Les doigts de Bastien cherchent un raccourci en passant par l'intérieur mais ils tombent sur une impasse. Ses doigts sont de mauvaises parties de lui : brutales, insistantes, crochues. Il est fou de garder des doigts pareils.

Il embrasse mes côtes et me dit que je suis en danger, que je mourrai si je continue à maigrir.

Je saisis la chair de mes cuisses et je murmure :

— Je dois encore perdre ça.

— C'est moi que tu vas perdre.

Et il fait mine de partir immédiatement.

Je le supplie. Il faut qu'il comprenne. La veille, je me suis forcée à manger une brochette, malgré la répugnance que m'inspire la viande rouge. Je m'y suis forcée pour lui plaire.

— Mais quelle fille avale de la viande rouge pour plaire à un type ? s'écrie-t-il. Non, écoute… Si on a encore une chance, c'est chacun de son côté.

Oh, mais j'en ai marre des hommes, de leurs érections féroces et indistinctes, leurs érections que je vois venir gros comme une maison. C'est ça l'amour ? "Tout ce que tu as à faire, c'est de te laisser faire" : ils martèlent leur message en progressant dans mon ventre comme s'ils se frayaient un chemin pour douze. C'est ça l'amour ?

Je me relève. Je suis étourdie à cause de ma tension, très basse. Je reconnais les minutes abîmées qui précèdent une séparation. Je sais ce qui m'attend : encore une hospitalisation.

Comme je cesse de supplier Bastien, il se retrouve coincé dans le rôle du type qui a annoncé son départ et qui doit, à présent, aller au bout de sa logique.

— Ça va ? il demande quand même pour gagner du temps.

Mon corps part en ruine, ma vie est une catastrophe et je voudrais stopper ma machinerie interne.

Mais je ravale mes larmes. Mes larmes font partie de ce que les hommes n'auront pas.

Je me rhabille en dressant mentalement un inventaire implacable de mes restes. Bastien appuie une espèce de main amicale sur ma nuque, me forçant à baisser la tête. Je ferme les yeux. Après ce que j'ai pensé d'eux, je n'ose même plus regarder mes seins.

Bastien est en train de se dissoudre dans mon cerveau. Le mois dernier, j'étais amoureuse de Pierre-Henri. Je dis tout haut :

— Je peux tomber amoureuse tous les mois mais seulement pendant deux mois.

Parce que l'amour, c'est décidé, cette fois je laisse tomber.

Un premier bilan provisoire fait état de deux victimes : un mort et une disparue…

Le mort, c'est Bastien. Je l'ai rayé de ma vie. La disparue, c'est moi. Mais je vais m'appliquer à revenir à la surface. Je vais demander à papa de m'emmener à l'hôpital.

L'hôpital… J'ai de la chance : mon docteur est une femme. Jamais je n'aurais pu avouer mon dégoût à un homme.

Grâce à Marianne, je comprends que mon calvaire n'est pas unique, que la batterie de mes symptômes est même répertoriée dans des livres, alors que je croyais avoir tout inventé.

Mais, au début, ça ne m'aide pas trop de l'avoir compris. Je ne pense toujours qu'à manger et à vomir. Vomir, c'est facile car la nourriture de l'hôpital est infecte. Mais manger me semble de plus en plus difficile… jusqu'à ce qu'arrive ce beau garçon si doux.

Il me caresse les cheveux mais ne cherche pas à aller plus loin. Il m'écoute sans vouloir mettre ses mots à la place des miens. Il s'appelle Dylan. Il n'est pas malade, ne participe pas à notre thérapie de groupe. Je sais qu'il partage un secret avec Lyse mais ça ne me dérange pas. Il est disponible pour moi. En sa présence, je ne me sens pas menacée. Je n'aurais jamais cru qu'un homme, ça pouvait être aussi gentil. Il me demande de ne pas parler de lui au personnel soignant. Il est comme un rêve et je ne veux pas qu'il s'évapore alors, bien sûr, je ne dis rien.

On s'est vus la première fois au concert de Bowie. J'ai toujours confondu David Bowie et Clint Eastwood, je ne sais pas pourquoi. Il paraît qu'Eastwood est beaucoup plus grand mais ils sont rarement côte à côte, alors pour les comparer…

On ne peut pas tellement parler, Dylan et moi, à cause de la musique, du vent qui emporte les mots et des infirmiers qui me surveillent. Mais on se sent tout de suite complices, juste avec deux ou trois regards. Je suis bien contente quand je vois qu'il nous rejoint à l'hôpital, à l'issue du concert. Je me dis : Peut-être qu'il est amoureux de moi ?

Je lui donne mon déjeuner et mon dîner, ce qui n'est pas vraiment un cadeau mais il me remercie si gentiment que je fonds. On échange des confidences en guettant les pas dans le couloir. Dylan est prêt à se glisser sous mon lit à la moindre alerte.

J'ai été adoptée. Mes parents ne peuvent pas être mes parents. Voilà ce que j'ai toujours pensé.

Maintenant que Dylan me raconte son enfance de gamin abandonné, je me sens bête. Je comprends tout de suite que ça n'a rien à voir. Jamais de câlin ou de baiser maternel, jamais de regard fier posé sur soi. A la place, un vide tout sec et une question : qu'ai-je fait de mal pour que maman s'en aille ?

Il a revu sa mère quelques fois. Elle a voulu le convaincre qu'elle ne l'avait pas *abandonné*, qu'elle s'était *séparée de lui* pour son bien, parce qu'elle ne pouvait pas le mêler à sa vie. Et puis elle ne l'avait pas déposé dans une poubelle, mais confié à son père. D'après ce que Dylan m'a raconté, le résultat était le même : son père était juste un autre genre d'ordure.

Pourtant Dylan m'a révélé qu'il n'en voulait pas à sa mère :

— Tu te rends compte… Pour elle, j'étais exactement le contraire de Bowie : une corvée au lieu d'un rêve, un petit boulet… Et en plus je lui rappelais papa. Normal qu'elle se soit débarrassée de moi.

Ce Dylan devait être un ange. Mais Lyse et Paola, pour qui elles se prennent, n'ont pas voulu qu'il dorme dans ma chambre. Il faut toujours qu'elles dirigent les opérations, comme si l'âge donnait tous les droits. Elles ont demandé à un autre patient de l'héberger. Et ce cinglé l'a tué ! Je l'ai entendu en passant devant sa porte. J'ai des insomnies. Je me relève toujours pour grignoter la nuit, des biscuits salés et des bananes, tout ce que les infirmières laissent dans leur local.

En revenant, dans le couloir, j'ai bien reconnu sa voix : Dylan criait et ce sale bonhomme l'a achevé !

7

LIT VIDE

Bowie n'a jamais été mon type sexuellement mais j'ai vécu avec un de ses fans. Donc, par transitivité, on peut dire que je l'ai bien connu. Il faut savoir qu'avec David on est toujours en copropriété.

J'ai rencontré Alain au show-room. Il était venu pour une piscine et là, le choc. Il avait ce sourire mercenaire, sûr de lui, et des promesses plein les yeux. Je suis une proie facile pour ces rêves. Son métier, c'était pilote de ligne. Il m'avait appris que les requins mangeaient les surfeurs parce qu'ils les prenaient pour des tortues, avec leurs quatre membres balayant l'eau autour de la planche, et aussi que la seule chance d'échapper à un ours en colère était de se coucher sur le sol en position de vaincu. J'avais rigolé. Comme je voyage moins que lui (moins que tout le monde puisque je n'ai jamais quitté le Gard), ses conseils étaient inutiles mais j'avais écouté comme si mes billets aller-retour étaient déjà dans ma poche.

Je lui ai demandé si des oiseaux venaient se cogner aux vitres de son cockpit. Il a passé une main dans ses cheveux. Allan – je préfère l'appeler

Allan – était d'une beauté américaine classique, le visage buriné et les yeux verts d'eau. C'était décidé, j'allais me mettre au vert.

On s'est revus, ça n'a pas traîné. Le 15 août, on a ouvert le bal du quartier et l'animateur a félicité au micro les deux courageux qui s'étaient lancés sur la piste.

— Je suis amoureux, Allan a murmuré dans mes cheveux tandis que le tango expirait.

— Qu'est-ce que tu as dit ?

— Qu'est-ce que tu as entendu ? il a bredouillé.

Je vivais avec Allan mon premier été et on volait en formation dans un ciel serein. On est rentrés bras dessus, bras dessous comme si on avait le même âge et un cœur vierge, ce qui était faux. Vous me retrouviez en pole position sur une dizaine de carnets d'adresses et Allan avait divorcé d'une Américaine dix-sept ans plus tôt, avant de revenir en France. C'est qu'il avait tout de même quarante-huit ans mais quand on aime on ne compte pas. Evidemment, dans la pyramide des âges, on n'avait aucune chance de se croiser à l'étage.

Cette nuit-là, j'ai rêvé que j'assistais au crépuscule à un "lâcher commandant de bord" et qu'à l'atterrissage Allan faisait un *kiss* à la piste juste pour moi, pour m'impressionner. Je crois que je nous sentais liés désormais, comme par un providentiel pont aérien.

En six mois, je dois dire qu'on ne s'est jamais trompés. On était fous l'un de l'autre. Alors pourquoi ne se décidait-il pas à vivre avec moi ?

Il aurait fallu que je reprenne un peu de pouvoir, ce type faisait de moi ce qu'il voulait. Quand on organisait des parties, il finissait toujours torse nu et, moi, je me frottais contre lui, je ne pouvais pas m'en empêcher. Il était dur et doux à la fois, on aurait dit une paroi de sucre

Mais c'est moi, le sucre. Je suis trop sensible. Je vois une toile de Hopper, je pleure. Comme quoi il y a un truc. Il paraît que ce peintre n'était pas triste du tout, pas solitaire non plus, n'empêche que quand tu vois ses tableaux...

Je voulais m'installer avec Allan. Je ne voulais pas finir comme ces types tout seuls, obligés de lever dans les parkings. Quoi ? Vous êtes choquées, les puces ? Tiens, au moment où je parle, je le revois manger des cacahuètes en écoutant des tubes du début des *seventies*.

— Tu sais, Etienne, y en a pas beaucoup qui ont des titres de chansons en forme de question, comme : *Life on Mars ?*

— Je sais : y en a pas beaucoup mais y a au moins David Bowie.

C'était dur de donner la réplique à un vrai pro de Bowie, quelqu'un qui avait acheté à leur sortie les vinyles de *The Man Who Sold the World*, *Hunky Dory* et *Low*. Comme je n'y connaissais rien, j'avais emprunté à la bibliothèque un livre sur les formes de la musique. De l'aria à la toccata en passant par la fugue, le madrigal ou l'oratorio : rien qui ressemble de près ou de loin à du Bowie. J'avais lu tout ça pour rien.

Alors j'avais acheté des biographies de David. Ça se lit d'une traite. Non, de deux (la traite du matin et la traite du soir). Ha, ha, ha ! Les livres sur le rock sont souvent d'une écriture négligée : on y "convole en mariage", on y "laisse toute l'altitude à l'artiste", on n'y "perd pas le désespoir". Pour Bowie, ils auraient quand même pu faire un effort ! Mais j'avais saisi l'idée générale : Bowie était un mutant, une éponge, un as pour s'inspirer du talent des autres et le magnifier avec ses propres dons.

Je comprenais vraiment Allan. Moi aussi, j'apprécie Bowie. De l'envie d'écouter *Sound and Vision* naît celle d'écouter *Ziggy Stardust* puis *Ashes to Ashes* et parfois la soirée entière se passe sans que j'aie eu le temps d'appeler ma mère.

Pourtant je trouvais Allan excessif quand il me racontait sa jeunesse à Londres, sur les traces de Bowie.

— On était en symbiose. C'était comme si David me disait : "J'ai créé un univers par là, va par là." Seulement, c'était fatigant d'être en représentation permanente. J'étais une pile électrique et les gens venaient se recharger auprès de moi.

J'imaginais Allan déguisé en Ziggy, avec ses kimonos et ses semelles compensées, entouré de ses groupies. L'aura de Bowie était si forte que ses simples fans attiraient eux-mêmes des fans. Les années 1970 taillaient à Bowie un drôle d'arbre généalogique, avec un taux de reproduction record.

Allan égrenait ses souvenirs comme un ancien combattant du *glam rock*.

— Aux arènes de Fréjus, pendant son *Serious Moonlight Tour*, David a balayé le public avec un projecteur. Il m'a regardé. Croiser son regard suffit : d'un seul coup, tu es habité... Quand Bowie mourra, je pense que je le saurai avant la presse.

Parfois, j'avais l'impression de vivre une relation à trois. Heureusement que je n'étais pas jaloux. Dans son métier, déjà, Allan pouvait se faire toutes les hôtesses de l'air et tous les stewards. Mais il m'avait assuré que ce n'était pas son truc et c'était vrai : quand il m'a finalement trompé, c'était avec son copilote.

Cette histoire, je fais semblant de l'avoir oubliée mais elle me trotte toujours dans la tête. Allan m'a quitté depuis quatre mois, mais pas mon désir de me venger.

Ce qui est dingue, c'est qu'à l'hôpital où je suis entré pour soigner ma dépression il a fallu que je tombe sur un docteur fana de Bowie. Toute ma douleur s'est réactivée. L'infidélité d'Allan, c'est comme si elle datait de la veille. Alors, quand j'ai eu l'occasion de voir ailleurs à mon tour, je ne me suis pas gêné.

Après le concert, Lyse et Paola avaient caché Dylan au pavillon. Elles se méfiaient de Nora, qui avait pourtant un lit vide dans sa chambre. Elles ont préféré me demander si le gamin pouvait dormir avec moi, juste une nuit. Elles étaient aveugles, les pauvres mères.

Dès qu'on s'est retrouvés seuls, Dylan m'a confié ses problèmes. Son père l'avait vu traîner avec un garçon. Il avait tout compris et l'avait battu… comme si l'homosexualité pouvait se raisonner avec des coups. Comme si l'homosexualité se raisonnait. Comme si on raisonnait avec des coups.

Je n'avais jamais été confronté à ce problème (parce que je n'avais jamais rien dit à mes parents). Ces stupidités de *coming out*, cette annonce solennelle… A croire que la vie est une pièce de théâtre et qu'on en est le héros. Je n'ai pas cette prétention : je sais que ma vie privée n'intéresse personne… et surtout pas ma famille, mes amis ou mes collègues. Je n'ai pas envie de crier une vérité que personne ne veut entendre (même pas moi).

J'ai consolé Dylan. Quand j'y pense… ça a été ma nuit la plus belle et la plus triste, parce que le jour suivant le gamin mourait. Je n'avais jamais fait l'amour avec quelqu'un la veille de sa mort.

Dylan avait voulu être attaché. C'était rare, chez les ados, ce genre de pratiques. Rare et précieux. J'entends encore son ton plaintif, suppliant et ravi.

C'est drôle : j'ai toujours imaginé que Bowie était masochiste. Dans ses danses, il joue à être écartelé, malmené. Je suis sûr qu'il aime être ligoté. Pas vous ? Je veux dire : vous n'en êtes pas sûrs ?

6

ODE A BOWIE

Drôle de vie. Je suis toujours pressé d'arriver à la page suivante. Le présent n'existe pas car, au présent, on trouve mes parents, ces gros menteurs, et puis l'hôpital, ces sables mouvants.

Chaque nuit, je me réveille et je pense à des choses comme (au choix) : un cancer des testicules ; un ami poisson rouge qui m'aiderait à vaincre ma solitude ; les décalcomanies que j'ai prêtées à Pierre et qu'il ne m'a jamais rendues. Alors, pour me changer les idées, je sors de mon lit et me remets à mon bouquin.

Quand j'écris sur le clavier de mon ordinateur, je me compare à Bowie sur son piano. Je suis comme n'importe quel compositeur : j'ai une cadence, des hésitations, des silences… J'ai aussi une méthode. On fait l'amour plus fébrilement quand on risque d'être interrompu. Pour l'écriture, c'est pareil : il suffit de se fixer des échéances et, tout de suite, l'écriture devient plus ferme, plus intéressante, comme galvanisée.

J'écris mais en fait je veux devenir comédien. Je m'entraîne depuis deux ans à monter des chevaux pour jouer un rôle d'Indien. Je serai prêt dans trois ans. Tout petit déjà, je rêvais que j'irais chercher le prix du meilleur acteur. Mais je veux rester libre, qu'on ne m'embête pas dans la vie. Donc je tournerai sans tête ou alors très maquillé.

Le docteur a des méthodes de cinéma d'auteur : elle nous laisse découvrir le matin un scénario à peine écrit, et elle accorde une grande part à l'improvisation.

Il n'empêche : je ne voulais pas participer à ce tournage. J'ai vu des rats dans le bureau de la réalisatrice. Et aussi la reproduction d'un Mondrian avec toutes ces lignes vertigineuses... Pour que ce tableau soit à sa place, il aurait fallu changer la déco de l'hôpital (ou changer d'hôpital).

Je me souviens du jour où Marianne a dit :

— Signez ici, Martin, je vous prie.

C'était mon contrat. J'ai signé sous un pseudonyme, pour préserver ma vie privée. J'ai aussi émis des réserves : pas de scènes de nu et repos le week-end. Elle a opiné du chef parce qu'elle me voulait vraiment pour ce rôle. Et rapidement, elle est devenue plus qu'une réalisatrice : une confidente. On se voyait régulièrement, dans son bureau ou avec le reste de l'équipe.

Je lui ai parlé de ma solitude. C'est une petite souffrance mais elle est continue. C'est tout le problème de cette petite souffrance : sa durée. Marianne m'a expliqué que la vie n'était pas une ordonnance qu'on pouvait renouveler mille fois. Que je devais trouver en moi des ressources pour me sentir vivant.

Et que je ne devais pas prendre les autres pour modèles (c'est la même Marianne qui nous a emmenés au concert de Bowie. Paradoxal, non ? Provocateur, pas vrai ? Elle veut qu'on en fasse quoi, alors, de son Bowie ?).

J'ai énuméré aussi mes conduites obsessionnelles qui ont toutes un point commun : ce sont des conduites qui ne conduisent nulle part. J'aimerais m'en débarrasser, évidemment. Quand je vois des reportages sur des familles surendettées dans leur HLM, des familles pauvres mais heureuses, j'ai envie d'être comme elles : heureux. Elles ne semblent pas dominées par la terreur et par ces obsessions qui me font perdre beaucoup de temps. Pourtant il est une chose à laquelle je ne renoncerai jamais, c'est ma collection de clés. Marianne dit qu'elles sont l'instrument de passage d'un monde à l'autre, du dedans au dehors. C'est faux : ce sont juste les doubles de toutes les clés que je connais.

Mais Marianne est surtout préoccupée par mon problème de jalousie. Elle a tort même si je trouve que Paola, par exemple, a beaucoup de chance : premièrement parce qu'elle est une femme, deuxièmement parce qu'elle a un métier, troisièmement parce qu'elle n'est pas vraiment malade. On dirait qu'elle reste ici pour quelque chose qui n'a rien à voir avec sa dépression. Mais je sais reconnaître aussi que j'ai plus de chance que Samuel. Samuel doit se dégoûter lui-même : il aime tout ce qui est moche, raté, tout ce qui fait mal et tout ce qui pue. Pourtant, après avoir entendu Paola raconter la perte de son bébé et découvert ce qui était arrivé à Lyse, toute ma hiérarchie des êtres humains face à la chance s'est recomposée : j'arrive désormais en tête, toujours suivi de Samuel, mais avec Paola et Lyse dans le peloton de queue.

Marianne s'imagine aussi que j'ai un problème avec les femmes. J'ai dû défendre mon honneur : "Si, j'ai eu UNE expérience. Mais faire l'amour avec elle, c'était comme un cours de sciences naturelles (sur des animaux morts) ou une leçon d'instruction civique (un exercice dont on pouvait très bien se passer ici et maintenant). En fait, j'exagère : tout allait plutôt bien sauf que ce que je ressentais, c'était… du plaisir féminin."

Je n'ai pas de problème avec les femmes. Quelles femmes, d'abord ?

Les femmes trahissent (elles aiment d'autres hommes et d'autres femmes, elles sont prêtes à aimer n'importe qui pourvu que ce ne soit pas moi), les parents trahissent (ils font interner leur fils)… Alors mon refuge : Martin Amis. Et s'ils recommencent tous : re-Martin Amis.

Je n'ai pas de problème avec les femmes. Mais j'ai une tonne de problèmes avec Samuel. Avec lui, je me sens comme une mine qu'un soldat aurait collée sous un tank ennemi (ça adhère soit avec un aimant, soit avec un système de ventouse) : je ne peux pas me détacher de lui alors que je sais qu'il est nuisible.

De son côté, il se dit indépendant. En réalité son texte défile sur un écran de contrôle tandis qu'une oreillette lui dicte les réponses aux questions imprévues. Voilà pour son autonomie. Voilà pour l'autonomie d'un schizophrène.

Au début, j'ai essayé d'éviter les conflits :

— Et si on se tutoyait ?

— Pourquoi t'écoutes en boucle Bowie, comme un malade mental ? Tu veux vérifier s'il s'en tient à sa première version ? C'est pour ton roman policier ?

— Bien. Je propose qu'on en revienne au vouvoiement.

Je ne sais pas ce que Samuel a contre Bowie. Certains morceaux sont magiques. Prenez *Sound and Vision* : on dirait une chanson écrite sous l'eau, une chanson pour les dauphins. David Bowie sait tout faire. Il aurait étudié la médecine, il serait devenu généraliste.

Si je vous dis : une pupille rétrécie, une autre dilatée (le tout sur le même visage) ; un torse glabre, forcément glabre ; une voix qui vous mord le ventre… vous pensez à qui ? Eh bien Samuel se fera un plaisir de penser à quelqu'un d'autre que Bowie. Samuel ne fait rien comme tout le monde. Samuel est à part. Il confond le bien et le mal, ce qui n'est pas bien (ou pas mal).

Tout le monde croit que je l'appelle Samuel parce que j'aime Beckett. Faux : je l'appelle Samuel parce qu'il s'appelle Richard. Et que tout ce qui pourra le contrarier sera bienvenu.

En plus, il ment (la partie de lui qui ment ressemble à un alligator vert) :

— Y a deux choses que je ne supporte pas : c'est qu'on fasse du mal aux enfants…

— Et l'autre ?

— Tes questions débiles.

Quand il me parle mal, je sculpte une réponse dans la glaise de mon cerveau, mais elle explose en sortant du four (le four, c'est ma bouche). Je ne sais pas lui tenir tête. C'est un malin. Il agit en douce comme un ferment lactique.

Enfin… mes relations avec Samuel sont paradisiaques en comparaison de ce que je vais vivre si j'en dis davantage. Et puis je ne suis pas une balance. Je vous conseille simplement la lecture de mon livre. J'ai été témoin de la scène du meurtre. Je l'ai consignée. Tout est là, avec les noms, le *modus operandi*… Vous pouvez confier ce document à la police. Je souhaite simplement le récupérer à l'issue de la procédure. Je pense obtenir des droits pour une adaptation cinématographique. Je vais aussi demander le rôle principal.

Avant ce roman, j'avais déjà produit un recueil de nouvelles. Il débutait par ces mots : "J'ai rêvé d'une charmante dame qui s'appelait Charmante Dame Solide." Quand j'ai écrit ça, je n'aimais pas encore autant Martin Amis. Et donc, ensuite, je l'ai aimé autant. Je le lis même en anglais. Un peu fastidieux ? Pas du tout. En anglais, je le découvre exactement à la vitesse qu'il mérite. J'ai commencé *Other People* en juin et j'en suis à la page 12 (*twelve* en fait). C'est très dense, il faut savourer chaque passage. Mais même en anglais, c'est mieux que tous les livres en français réunis (ceux que je connais).

Je sais que Marianne s'est forgé de moi une image si négative que rien de ce que je pourrai dire ne me fera remonter dans son estime. Je n'aurais pas dû autant me dévoiler. Quand je pense que je lui ai même raconté mes lapsus… Surtout un qui me fait encore rougir aujourd'hui : un jour, j'ai dit : "Il a touché son sexe" au lieu de "Il a touché son chèque". J'avais très peu de chances de raconter une histoire qui se finirait par "Il a touché son chèque", mais un jour j'ai eu cette chance et je l'ai gâchée. J'ai provoqué le fou rire de trois personnes qui s'en souviennent encore. Les soixante-dix autres sont restées discrètes (c'était au mariage de ma cousine, quand j'ai porté un toast comme témoin)…

Contacté, je n'ai pas souhaité m'exprimer davantage sur le sujet. Pourtant, je n'ai plus beaucoup de fierté. L'agacement m'agace, la fatigue me fatigue. Mon cerveau est trempé, mon cerveau est tapissé d'infiltrations. Je ressens comme un torticolis dans tout mon corps. Mon corps ? Douleur est devenu le mot de passe.

Je voudrais rentrer à la maison. Je veux retrouver ma baignoire remplie de la presse des derniers mois (je ne peux pas me résoudre à la jeter : tout ce travail d'enquête des journalistes…). Chez moi aussi, je serai bien soigné : en dessous de notre appartement, une pharmacie affiche "Prix bas permanents". Mais ces prix sont en euros, alors ça ne veut rien dire. M'est avis que si on revenait aux francs, après le passage à l'euro, ce serait comme si on rallumait la lumière. Et si je revenais à la maison, ce serait pareil…

5

TU GÈLES, TU BRÛLES

“C’est marrant. Personne n’a voulu que je débute et personne ne veut que je m’arrête.” Ce n’est pas de moi mais de Jacques Brel, quand il a fait ses adieux à l’Olympia en 1966. Pourtant j’aurais pu le dire : mes parents ne m’ont pas désiré et ne souhaitaient pas non plus mon suicide (aujourd’hui je ne sais pas, il faudrait leur poser la question).

Je me sens isolé, comme un type soumis au programme de protection des témoins. J’ai demandé à la médiathèque les microfilms de l’année de ma naissance, pour voir où était le problème. J’ai fréquenté les salles de musculation, afin de me comparer aux autres. J’ai beaucoup enquêté sur les raisons de ma solitude jusqu’à ce que je débouche sur l’an 2000 : car ma vie s’est brutalement mise à obéir, au cours de l’année fiscale 2000-2001, au thème de l’amour

“Je t’aime” : une fois qu’on l’a dit, on est cuit. Mais si on ne le dit pas, c’est pire : on est grillé. Corinne, c’était l’amour incarné. Pas au sens de l’amour personnifié, mais plutôt d’un ongle incarné. Elle avait des dents d’Europe de l’Est, des dents qui faisaient mal rien qu'à les regarder. Elle était plus âgée que moi, plus malade aussi. Ce n'était pas gênant : j'avais pris l'habitude d'ajuster mes désirs à mes possibilités.

Avant Corinne, j'exerçais l'amour dans des conditions draconiennes : pas d'horaires fixes, souvent en plein air et sans protection. Avec elle, c'était différent : on formait un vrai couple. Et donc on se disputait beaucoup. C'est que j'ai des principes : par exemple, ne jamais donner à une femme l'impression qu'elle est en sécurité à mes côtés ; me brosser les dents avant les repas (plutôt qu'après : ça change tout). Une enquête sur mes valeurs révélerait qu'elles ne sont pas forcément avouables. Une enquête sur mes valeurs ne serait pas publiable.

Pour mes rapports avec les filles, ma mère m'a beaucoup aidé. Ma mère : "Richard, je ne veux plus te voir fricoter avec ces garces !" Fricoter ? Plus personne n'emploie ce mot depuis les années 1960 (même si on est quelques-uns à le comprendre encore). "Après tout ce que j'ai fait pour toi !" Tout quoi ? Tout rien.

Si.

— Ma mère m'a appris une chose : ne jamais regarder dans l'assiette des autres. Ma mère m'a appris une chose : ne jamais regarder dans l'assiette des autres. Ma mère…

— Elle ne t'a appris qu'une chose ?

Corinne savait ce que j'avais enduré. Elle était indulgente parce qu'elle connaissait maman. Elle finissait donc toujours par me consoler avec des mots gentils :

— Quand tu fais cette moue, t'es adorable.

J'aimais pas beaucoup ça, être adorable. Mais j'avais alors une lueur d'espoir pour mes plaisirs enfouis, mais plaisirs que je devais en général chercher à la pompe.

— Viens faire l'amour, elle ajoutait tristement (les derniers mois, elle disait tout tristement).

En amour, ce que je peux construire n'est rien à côté de ce que je suis capable de détruire. Ce n'est pas grave : de toute façon, l'amour est passager. Le pire des passagers.

Je savais ce qui tracassait Corinne, alors je mettais régulièrement le sujet sur le tapis :

— Faut pas croire… Moi aussi, je vis la crise de la cinquantaine.

Quand elles ont vingt ans, les femmes n'imaginent pas sérieusement qu'elles vieilliront. Elles pensent qu'à quarante ans elles seront mortes… Et on les retrouve quinquagénaires, prétendant avoir droit à l'amour, toujours et encore, ou espérant survivre au cancer du sein. Elles sont décourageantes.

— Mais tu n'as même pas quarante ans !

— Et alors ? Il faudrait être malade pour soigner les malades ? Voleur pour défendre les voleurs ? Avoir cinquante ans pour vivre la crise de la cinquantaine ?

Le problème des hommes, c'est de… Quoi ? Quel problème ? Les hommes n'ont aucun problème, même si toutes les femmes conspirent pour le leur faire croire.

A la fin, on ne pouvait même plus discuter tranquillement. N'importe quel échange devenait compliqué. Si je disais :

— Mes nains tremblent.

Elle me corrigeait :

— Tu veux dire : "mes mains" ?

— Non, idiote, les miennes.

Pourtant, depuis qu'elle m'a quitté, je suis devenu quelqu'un d'autre : moins que nous deux sans elle. Moins que deux moins un. C'était ma compagne, malgré ses réactions incroyables. Un soir, je m'appliquais à lui donner du plaisir rien qu'avec ma langue et elle murmurait "Richard, Richard"... quand, au bout d'une heure, elle a soulevé le drap :

— Te voilà ! Je te cherchais partout et en fait tu étais là ! Tu ne peux pas répondre quand on t'appelle ?

Je n'ai connu qu'une personne qui ait osé me parler sur ce ton, et elle est morte. C'était mon employeur à la station-service : il a succombé à une leucémie.

Depuis le départ de Corinne, pour ne pas entendre ma souffrance, je me remplis les oreilles de sons... sauf ceux de Bowie que je ne peux plus supporter. Quand je mets un CD de Bowie dans ma chambre, je pars ensuite dans une autre pièce. C'est ma manière de le dominer. Qu'est-ce que ça veut dire, ce type qui est beau sous toutes les coutures ? Il se croit malin ? Il imagine que je vais pouvoir le tolérer encore longtemps sous mon propre toit ?

Un truc que j'ai remarqué : ses chansons ne favorisent pas les rapprochements. On n'a pas envie d'enlacer sa partenaire, juste de danser seul.

Je me retranche derrière la télé. Les pubs : un homme quitte une file d'attente parce qu'il a la diarrhée ; une jeune fille ne se sent pas assez fraîche pour monter sur les épaules d'un garçon avant d'avoir mis une protection hygiénique. Quoi d'autre ?

Je tombe sur une interview de David Bowie. Une journaliste lui demande ce qu'il a au chevet de son lit. Je ris (tout le monde veut savoir *qui* il a *dans* son lit). Je n'aimerais pas me décliner en T-shirts, posters et gadgets comme lui. Ce n'est pas sain (et personne ne m'achèterait).

Je m'en fiche : un jour, Bowie sera invité dans une assemblée de vieillards, et son imposture éclatera au grand jour car il aura la surprise de retrouver ses anciens camarades de classe de cinquième (ceux qui auront survécu), le tout filmé en direct par des caméras de télévision.

Je ne sors plus. Je suis fasciné par les gens qui parviennent à s'occuper. Même pour leurs loisirs, ils prévoient des activités. Moi je dis que perdre son temps, c'est bien. Et que ne rien faire du tout, c'est mieux. Je perds aussi mes amis, un par un (normal, car je n'en ai jamais eu qu'un à la fois). Je n'aime pas leurs conseils. Les gens ont fait un tas d'erreurs qu'ils veulent m'éviter. Moi, je préfère une erreur que je commets à mille commises par les autres. Mon rêve, c'est d'être apatride (les apatrides n'ont pas d'attache et ne paient d'impôt nulle part).

J'ajoute les heures aux heures. Ma vie ne sera plus que la somme de ses parties. Mon internement ne change rien. La partie émergée de mon corps n'est rien à côté de la partie immergée, celle que les docteurs n'atteindront jamais. Mon corps est inimaginable. Rien que dans ma tête s'entassent douleurs dentaires et acouphènes, des maux si complexes et si lancinants qu'ils m'empêchent souvent de fermer l'œil. J'imagine le Très-Haut, Dieu tout-puissant, commenter les efforts des chercheurs dans la lutte contre la douleur ou le cancer (ou les deux) : "Tu chauffes, tu brûles. Eh non, là tu gèles. Voilà, encore raté." J'ai beau me masser la peau du crâne pour me calmer, ça ne passe pas. J'étudie avec beaucoup d'attention le plan d'évacuation de mes propres lieux sans trouver aucune issue. Je pense de plus en plus sérieusement au suicide.

C'est alors que débarque à l'hôpital Martin le crétin. Martin ne daigne pas m'appeler par mon prénom. Martin écrit et en fait tout un plat, comme s'il était le seul à créer. Mes cartons au stand de tir, c'est quoi à son avis ?

Me vient à son contact un tas d'idées distrayantes et inédites : tuer + tuer + tuer. Mais je me dis : Attention, la mode est à la médiation, prenons un médiateur. Sacrifions quelqu'un à sa place et faisons porter le chapeau à Martin.

L'occasion se présente rapidement : ce fils à papa écrit un roman policier. D'habitude, je ne peux pas ouvrir un livre sans me couper avec les pages. Impossible de prendre un roman sans m'entailler les doigts. Ma chance, c'est que Martin écrive dans des carnets.

Il n'a pas beaucoup d'imagination : pour la victime, il a choisi un adolescent rencontré aux arènes, ce jeune type qui nous suit partout depuis le concert.

Dylan, je l'appelle Bob. A l'hôpital, avec Dylan et Bowie, on est en train de récrire toute l'histoire du rock. Je me souviens de ce que mon père disait des rockers : "Ils tiennent leur guitare si bas qu'on dirait qu'ils se grattent frénétiquement le sexe." Et puis il rigolait comme un bossu. Mon père jouait de la guitare classique (avec le temps, je lui ai trouvé cette excuse, mais je crois qu'il ne jouait en réalité d'aucun instrument).

C'est Bowie qui m'énerve le plus : il affiche une beauté et un talent insolents, révoltants en démocratie où les hommes doivent naître égaux en droits. C'est Bowie qui m'énerve le plus mais c'est Dylan que je vais assassiner.

Je réfléchis : si je suis exactement les consignes du livre, Martin sera logiquement accusé du meurtre. Je porte donc un soin scrupuleux à respecter le mode opératoire du héros. Je change seulement de lieu parce qu'une église, ça ne m'inspire pas du tout. Et parce que, si Martin est l'auteur compositeur de mon crime, je garde quand même une certaine liberté d'interprétation.

Je commence par lui voler la clé du passage entre le réfectoire et la cour. Martin a lui-même fabriqué sa collection en dérobant des clés à droite et à gauche. En fait je passe la nuit, le jeu en main, à trouver la serrure correspondant à chaque pièce de cette désolante collection. Je remets ensuite le tout, sauf la clé qui m'intéresse, dans le tiroir de Martin qui ronfle fébrilement. Et aux toutes petites heures de l'aube, quand Dylan quitte en catimini la chambre d'Etienne pour fumer une cigarette, comme il l'a déjà fait la nuit précédente, je suis là, condamné aux insomnies par mes douleurs, condamné à tout savoir de la vie nocturne de l'hôpital. Je lui propose de fumer avec moi dehors, grâce à ma clé. Il ne se méfie pas une seconde. Je comprends que le meurtre va pouvoir se commettre sans tarder.

Je ne suis pas un tueur professionnel, même pas amateur. Tout ce que je sais, je l'ai appris sur le tas. Je me suis fait tout seul. Personne ne m'a aidé. Sauf mon père, enfin son souvenir, qui agit comme un moteur, pas comme un modèle : mon père était un genre de héros inversé, le contraire du père idéal. Les attouchements quotidiens, pour lui, c'était rien. Alors un seul attouchement par jour, même pas la peine d'en parler. Et le fiston n'en parlait pas (je corresponds régulièrement avec moi-même quand j'étais enfant, ça m'aide à comprendre pas mal de choses).

La mort, c'est comme dans les trains : à l'arrivée, les habitués se lèvent au dernier moment. Mais ceux qui font le trajet pour la première fois sont aux aguets. Sauf Dylan qui semblait décontracté.

On avait commencé à s'éloigner de l'hôpital, à travers les herbes piquantes. Je ne l'ai pas entraîné de force. Je n'ai pas eu besoin de l'attacher.

Puisque je suis un peu voyant, je visualisais parfaitement les muscles sous ma peau, je sentais l'air sur mes organes internes.

Avant de passer à l'action, je me suis immobilisé, ce qui l'a tout de même inquiété.

— Qu'est-ce que vous faites ?

— Je suis un marais salant : j'attends que l'eau s'évapore (c'était pour brouiller les pistes).

Dans la fraîcheur et la pureté du petit matin, mon haleine me revenait à la figure comme un boomerang. Un léger malaise a commencé à naître entre nous. Je ne l'ai pas laissé s'installer. J'ai plaqué Dylan au sol, dans l'odeur insoumise du thym. Je recevais cinq sur cinq toutes sortes d'informations supra et interplanétaires et j'avais beaucoup de peine à rester concentré sur ma mission.

Je maintenais Dylan par le cou tandis que son corps convulsait comme un poisson arraché à l'eau. Au bout de… Quoi ? Quelques minutes… seules ses chevilles ont continué à tressauter. J'ai senti se déplacer une colonne de plaisir mobile. J'ai senti une jouissance brune à colombage. J'ai senti advenir la bonne nouvelle.

Comme j'étais agenouillé, le visage penché vers le sien, ses pieds me cachaient la vue de la campagne rase. Les consignes, vu la sécheresse, étaient d'éviter les barbecues sauvages. A quand, mon prochain barbecue ? A quand, la liberté ? La liberté n'est pas donnée (par les médecins, par les flics, par les parents...), elle se gagne par notre seule volonté. Et moi je n'étais pas prêt.

Dylan a cessé de se débattre, mais j'ai pensé à un leurre alors j'ai sorti mon couteau, celui qui me sert à couper la viande des grillades justement, et que je ne sors de sa cachette que pour les grandes occasions. Je l'ai planté plusieurs fois dans le corps mou sans obtenir la plus petite réaction. J'ai tout filmé avec mes yeux, j'avais une vision panoramique qui englobait le passé, le présent et le futur. J'ai senti une joie hémophile se répandre, ma joie. J'étais soulagé.

J'ai transporté le corps le plus loin possible, comme l'avait écrit Martin. Dylan avait perdu sa légèreté. Il paraissait tout à l'heure si souple et si mobile quand il brassait l'aube limpide. Je me suis un peu attendri en pensant à l'inscription sur sa tombe : 1985-2002 (né plus tard et mort plus tôt que moi), une petite vie écrasée sur les côtés.

Puis j'ai regagné ma chambre et je me suis rendormi. J'avais l'esprit tranquille. On est libéré de la tyrannie des autres quand on ne veut plus qu'ils nous comprennent. Vous comprenez ?

A présent Martin dit qu'il a assisté à la scène et qu'il l'a décrite dans son roman. Impossible ! C'est exactement le contraire : c'est moi qui me suis inspiré de son histoire (tout le monde sait que je lui chipais ses carnets). Il a dû la rédiger à la va-vite dans la nuit du 14 au 15 juillet, ou le jour suivant... en tout cas avant la séance de thérapie de groupe : elle n'avait commencé qu'à 16 heures, vous vous en souvenez, car on avait fait la sieste pour récupérer du concert. Une aubaine, puisque ça a laissé à Martin le temps nécessaire…

En séance, j'ai pris le carnet dans sa poche. Il dépassait, c'était facile. Bien trop facile… On est libéré de la tyrannie des gens quand on ne veut plus qu'ils nous croient. Vous me croyez ?

4

ET LE COPYRIGHT ?

Martin et Richard se disputent la place de chef des fous. On dirait deux codétenus dans le même cerveau...

Si je récapitule les aveux des patients, j'obtiens toutes sortes de vérités sur Dylan :

— Lyse : C'est mon fils.
— Paola : C'est mon élève.
— Nora : C'est mon amoureux.
— Etienne : C'est mon amant.
— Martin : J'ai vu qui a tué.
— Richard : C'est moi.

A chaque révélation de l'un, les autres ont instantanément réagi avec leurs tripes (nausées, vomissements, cris de révolte, tétanie), le corps prenant le relais d'un langage devenu impuissant. Le malheur des uns a fait le malheur des autres, avec un acharnement pas du tout thérapeutique.

Richard est devenu parfaitement schizo comme on devient parfaitement bilingue. Il sait désormais passer du ton chaleureux à la distance glaciale avec la facilité d'une climatisation réversible. Le reste du groupe ne coulera plus de jours heureux (ses jours heureux couleront à pic).

Avec les patients, je me suis laissée aller… C'est un peu comme la confiance absurde qui s'installe progressivement entre soi et les toilettes des hôtels : au début, pas question de s'asseoir et puis (alors que le temps n'arrange rien dans ce domaine) on cesse de se méfier.

Je me souviens du jour où j'ai gagné une sorte de prix, une récompense professionnelle. Des collègues ont sous-entendu qu'on me l'avait attribué parce que j'étais une femme. Les hommes réussissent parce qu'ils sont des hommes, les femmes parce qu'elles sont des femmes. Je suis impressionnée par la qualité des analyses sociologiques en cours. Cette fois, à quoi mon échec sera-t-il imputé ? A mon statut de femme, de docteur, de fan ? Une chose est sûre : j'ai attendu six mois la venue à Nîmes de David Bowie, je n'aurais jamais dû partager ce tête-à-tête avec mon groupe de thérapie. J'ai commis l'erreur grossière de mêler vie professionnelle et vie privée.

— Sa voix pastel…

— N'importe quoi. Sa voix est écarlate.

— Je dirais plutôt indigo.

Mes patients voudraient gommer leurs confidences, surmonter leur dégoût et revenir aux heures bénies où ils se contentaient de commenter le concert. Ils voudraient n'avoir rien dit, rien su, rien vu, car ils commencent à mesurer les conséquences tapageuses de leurs aveux.

Moi aussi, j'ai bien réfléchi et, s'il y a un sens dont je me serais bien passée, c'est de l'ouïe. Moi aussi, j'aimerais tout oublier.

Lyse et son fanatisme naïf. Lyse et son égoïsme monstrueux : sa fibre maternelle est une fibre élastique, dans un tissu démodé.

Paola qui ne fait pas ses quarante ans (et pourquoi ne les ferait-elle pas ? Ce n'est pas une maladie, quarante ans). Paola et son côté maniaque. A chaque pièce sa fonction. Cuisine : manger ; chambre : dormir ; salon : regarder la télévision. Et pourquoi pas cuisine : travailler ; chambre : manger ; et jeter la télé ?

Nora, de plus en plus transparente. Nora qui ne croit plus à l'amour, qui a accumulé les lettres de refus.

Etienne qui pense à Bowie et se demande si la chirurgie esthétique peut passer en frais professionnels.

Martin qui se réfugie dans la littérature. Il pense que son livre témoignage (un roman d'anticipation en fait) va devenir un best-seller. Le coup de cœur du libraire. C'est vrai que les rayons sont remplis de livres modes d'emploi, pour se détendre, se soigner, se suicider… Mais pour tuer ?

Richard, auquel on pense chaque fois qu'on sent une mauvaise odeur. On actionne la pédale d'ouverture de la poubelle, on pense à Richard. On est penché sur la corbeille de linge sale, on pense à Richard. On passe au rayon fromage du supermarché, on pense à Richard. Richard qui veut toujours éveiller l'attention, par son odeur ou par un crime. Richard qui ne voit pas la différence, qui confond tout. Il hait Martin autant qu'il l'aime et ne s'en rend même pas compte.

Lyse, Paola, Nora, Etienne, Martin, Richard : ils sont six, préoccupants comme mille. S'il fallait donner un nom à la promotion 2002 de l'HP, cette nouvelle génération montante de patients capable de cumuler les pathologies (on dirait que leurs affections s'adaptent aux traitements plus sophistiqués, qu'elles mutent comme des bactéries blasées face à trop d'antibiotiques), ce serait la promo Bowie bien sûr. Lui aussi est un mutant.

Jamais je ne pourrai chasser de ma mémoire ma tripotée de fous. Ils font partie de moi désormais, comme un dépôt calcaire, comme la croûte qui recouvre une plaie.

Je me sens rôtie de terreur. Pour qui me suis-je donc prise ? Avec mon espèce de caducée mental, je me suis sentie autorisée à stationner n'importe où dans leur vie. Je pensais : les seuls troubles, ici, sont mentaux. Pas de troubles de l'ordre public, pas de crime… J'avais tort, une fois de plus. Mais c'est comme en amour : il ne faut jamais regretter d'y avoir cru même si l'histoire est brève, compliquée, désespérée.

"L'amour est passager. Le pire des passagers" : c'est Richard qui l'a dit tout à l'heure. Cet homme peut à la fois se montrer lucide et tuer.

Il aurait dû être admis dans une unité pour malades difficiles, mais nous n'en avions pas à proximité. La proximité, on dirait que c'est ce qui compte le plus. Les quatre UMD de France sont de toute façon déjà bondées… et quel patient nîmois postulerait pour l'unité de Sarreguemines ?

Pourtant le vrai criminel n'est pas Richard. Le commanditaire, c'est Martin. C'est lui, le manipulateur. Il a incité Richard à commettre un meurtre pour se débarrasser de lui et de Dylan. Il s'est vengé par la même occasion de Lyse et Paola qui ont tellement de chance... C'est lui qui peut inscrire à la fin du film : tous droits réservés.

Dans un cinéma branché de Montpellier, j'avais vu une copie altérée du concert mythique où Bowie suicide Ziggy. J'ignore si c'était l'image de sa peau livide (une peau d'Anglais), de sa maigreur dans son kimono Yamamoto ou de sa solitude si palpable, mais j'avais eu le cœur serré (c'était peut-être tout simplement la qualité de la copie, son vieillissement, qui avait fait surgir cette poignante nostalgie, comme devant le spectacle de personnes disparues, ou devant une installation de photographies surannées signée Boltanski). J'éprouve à présent la même compassion pour mes patients unis dans cette sorte de suicide collectif, un *Rock'n' Roll Suicide*.

— Quand tu n'as pas écouté une chanson depuis une certaine date, ça te rappelle cette date.

Lyse devrait être abattue par les nouvelles des dernières heures. Elle devrait, car l'échec de sa vie n'est pas seulement un constat : c'est une réalité en trois dimensions. Pourtant elle enchaîne sur le couplet suivant, comme si la bande musicale de sa vie n'avait jamais cessé de se dérouler. Comme si le décès de son fils appartenait à cette catégorie de faits qui obéissent à la fatalité, des faits périphériques qui ne vous atteignent pas en profondeur parce que votre existence tout entière s'est construite sur d'autres bases. Autrement dit, ce n'est pas comme si Bowie lui-même était mort.

Martin affiche le même détachement. J'aimerais croire que les mots de son fameux roman ont dépassé sa pensée. Qu'il n'a pas échappé au sort des écrivains en général (une partie de l'histoire s'écrit sans eux). Bowie lui-même a admis qu'il était le dernier à comprendre la plupart des chansons qu'il composait. Et, bien que je sache Martin coupable, je ne parviens pas à le regarder avec l'œil d'un juge. Mon métier, c'est de soigner. Pas de condamner.

— Voir Bowie évoluer sur scène, c'est le bonheur.

— Tu ne peux pas dire ça : c'est juste *une sorte* de bonheur.

Lyse et Martin sont enfermés dans leur déni des événements récents. Embarqués à bord de leurs petits trains fantômes, ils ne peuvent plus freiner. Ah, la légende des types qui se la coulent douce en HP…

Grâce à Internet, je suis tombée sur une traduction littérale d'une chanson de Bowie qui donnait ceci :

Bien que rien nous gardera ensemble
Nous les vaincrons, les vaincrons à jamais
On pourrait être héros pour jusqu'à jamais

C'est une bonne photo de leur état mental, après leur phase d'abattement : une glorieuse euphorie parfaitement incompréhensible. Pour les aider, j'ai un tas d'idées. Pour les aider, je connais une tonne de médicaments.

A son tour, Richard s'en prend à Lyse, évinçant Martin dans ce rôle usé.

— Ma pauvre, tu ne comprends même pas l'anglais !

— Peut-être, mais quand tu comprends sa musique, tu comprends les paroles.

Elle a raison. C'est toute la force de Bowie, qui rassemble autour des seules sonorités des instruments et du chant. Ce que je pense : la voix de Bowie est comme une maison avec des couloirs qui mènent à des chambres (et, en fait, on découvre que ce sont des couloirs de la mort).

3

CELLULE DE DÉGRISEMENT

— Au moins, Bowie n'est pas du genre à chanter dans toutes les langues comme Mireille Mathieu pour élargir son public. Il s'en tient à sa langue natale et c'est aux autres de s'aligner. Même quand il chante *Amsterdam* de Brel, il le fait en anglais.

Eh bien on peut dire que, dans le cas de Lyse, la greffe a réussi : elle a Bowie dans la peau pour toujours. Aucune réaction de rejet n'est à redouter.

En ballottage dans mon cerveau pour la culpabilité, Richard et Martin adoptent des stratégies différentes, variables d'une minute à l'autre. Martin se drape dans sa dignité d'écrivain tandis que Richard, dans un élan de fraternité abusive, une sorte de viol compassionnel, écrase sa bouche sur les lèvres de Martin et annonce :

— Je te pardonne parce que je te comprends. Tout ce qui commence par un *h* comme "hôpital psychiatrique" ou "internement" est de la pure folie.

Pauvre Richard. Pathétique Richard. Depuis l'arrivée de Martin à l'hôpital, depuis que nous comptons un romancier parmi nous, il a tenté d'améliorer son niveau de langage. Il ne dit plus : "Je fais des bouffées paranoïaques", mais "J'effectue des bouffées paranoïaques".

Il décide à présent de couvrir son associé ès crime et change sa version des faits : "J'ai tué Dylan parce que j'estime que les visiteurs ne sont pas admis dans les chambres." Richard le légaliste.

Encore une autre version : "Dylan ressemble à ce que j'étais à dix-sept ans. Alors, quitte à me suicider, autant tuer Dylan." Richard le nostalgique.

Richard abrite un tas de mobiles farfelus pour son crime, mais l'un d'eux a eu raison des autres. Raison ? Un mot banni sur mon territoire, dans mon unité de psychiatrie adulte. Psychiatrie adulte ? Comme s'il existait un âge de la maturité, dans la maladie.

Je doute de tout. Je n'ose plus employer un seul terme de mon vocabulaire habituel. Je panique. Comme les responsables d'accidents de la route qui enchaînent sur un délit de fuite, j'ai une impérieuse envie de tout laisser en plan.

Le mobile de Richard... Mais le mobile n'a aucune importance : c'est juste une obsession de flic. Ce qui compte, c'est la conséquence. La suite. Que vont devenir mes patients ? Je n'ai fait qu'aggraver leur cas.

Pour Lyse, la vie après un concert de Bowie ne peut que paraître plus fade. Et si Lyse connaît déjà la vie sans enfant, elle ne connaît pas encore la vie sans enfant du tout.

Paola scrute son visage, encore dépourvu de rides, en se demandant d'où l'attaque va bien pouvoir venir : relâchement du cou, pattes-d'oie, creusement du sillon naso-génien…

Nora va continuer de plus belle à se créer des contraintes, pour le plaisir de les éliminer ensuite l'une après l'autre.

Etienne prend une couleur de nicotine car l'atmosphère de l'hôpital ne lui réussit pas.

Martin essuie ses lèvres avec le chemisier de Nora et se met en colère. Quand il se fâche, il fait peur. Mais pas une peur impressionnante qui lui conférerait du pouvoir sur les autres, non, plutôt une peur rebutante qui confère du pouvoir *aux* autres : on évite Martin, on le met au ban.

Richard s'estime lavé de tout reproche puisqu'il a avoué. Apaisé et stoïque, il veut désormais collectionner les instants parfaits. Il ne progressera plus que d'instant parfait en instant parfait (au lieu d'avancer de déconvenue en déconvenue comme tout le monde).

Je suis assaillie par mon angoisse et tous ses petits fiancés, mon angoisse qui s'apprête à devenir polygame. Ai-je fait le tour de la folie avec ces malades mentaux ? Même pas. Je n'ai pas de nymphomane, de pyromane, d'érotomane, de trépané…

Qui d'autre voudrait s'occuper de mes patients ? Quand on m'a confié leur destin, j'ai l'impression qu'on m'a accordé dix minutes d'avance dans une course à laquelle personne ne souhaitait participer.

Un jour, je me brûlerai au deuxième degré ou je périrai dans un accident d'avion, mais ce ne sera pas le pire jour de ma vie. Le pire jour, c'est aujourd'hui.

Avant le concert, je ne me méfiais pas assez. J'étais trop décontractée. Désormais, je suis en état d'alerte. Ce changement de comportement peut s'observer aussi chez ceux qui habitent en vis-à-vis d'un immeuble inoccupé et ont pris l'habitude de se promener nus, avant d'être surpris un matin par leurs nouveaux voisins.

Tout ce que je sais faire finalement, c'est prescrire des antidépresseurs avec quelques menus effets secondaires : somnolence, nervosité, tremblements, sueurs, fièvre, tachycardie, vertiges, nausées, maux de tête, sécheresse de la bouche, diarrhée, constipation, troubles de la libido, pertes de mémoire, tendance suicidaire, démangeaisons, éruptions cutanées, prise de poids, perte d'appétit, transpiration, troubles visuels, convulsions, chute de cheveux, écoulement de lait, confusion mentale (ces effets secondaires ont la bonne idée de ressembler parfois aux symptômes de la maladie)… Plus rarement, on observe : hémorragies gynécologiques, saignements gastro-intestinaux, œdème de Quincke, ecchymoses, impossibilité d'uriner… Bon sang, qui en voudrait ?

Moi.

Certains de mes amis n'osent pas confier qu'ils en prennent. D'autres n'oseront jamais en consommer pour ne pas s'avouer déprimés. Pourtant l'image du déprimé neurasthénique, sans volonté, est dépassée. Le déprimé moderne se réveille à cinq heures du matin, temps fort de ses idées noires, puis accomplit sa journée de travail sans faillir. Il a bien quelques pensées suicidaires, mais il pense aussi à renégocier son prêt immobilier ou à réserver la villa de ses vacances sur Internet. Le déprimé moderne peut être une femme toujours fatiguée depuis ses accouchements, mais qui prend les problèmes de sa famille à bras-le-corps comme une brave combattante. Le déprimé moderne peut être tout simplement un gros fumeur (la cigarette masque souvent les symptômes habituels). Et quand il franchit finalement le pas, le déprimé moderne est content d'avoir une copine psychiatre qui lui file une ordonnance sans qu'il ait à déballer ses problèmes devant son médecin de famille.

Les problèmes, on y croit de moins en moins. Vous pleurez devant les infos télévisées, en pensant que c'est par compassion ? Vous êtes déprimé. Vous êtes pessimiste, vous trouvez que le monde va mal ? Vous êtes déprimé. A bas l'humeur sombre. Elle n'est pas naturelle. Il vous faut des médicaments. Il faut modifier la chimie de votre cerveau. Je ne dis pas que c'est une erreur. Je dis que c'est frustrant.

A l'hôpital, je prescris des antidépresseurs à doses impressionnantes, des doses qui assommeraient un mammouth et pourtant elles suffisent juste à stabiliser mes malades chroniques. Sans eux, ils plongeraient. Je sais que c'est nécessaire mais j'aimerais faire davantage. Normalement la vocation de l'HP, une fois passé l'épisode de crise aiguë à l'origine de l'hospitalisation, doit être d'offrir une vaste palette de thérapies occupationnelles qui prépareront le patient à réintégrer l'espace social extérieur. Tout plutôt que le désœuvrement, tout plutôt que l'oisiveté. Aller au concert de Bowie n'était que le prolongement de cette démarche, un exercice pour aider les malades à reprendre pied dans la vie normale. Echec sur toute la ligne.

J'ai surestimé la maturité de mes patients. Quand on est blond vénitien, on n'est ni blond, ni vénitien. Quand on est patient en psychiatrie adulte, on n'est ni très patient, ni franchement adulte. On est toujours sous tutelle, réelle ou médicamenteuse. Et la vérité, c'est que je n'ai pas su protéger mes malades, des autres et d'eux-mêmes. Je m'en veux effroyablement.

Mon seul réconfort, c'est qu'après les témoignages successifs des membres du groupe de parole j'envisage désormais cette histoire dans sa globalité (un peu comme à la fin d'un massage, quand on enveloppe le corps tout entier de ses mains après en avoir stimulé chaque partie séparément).

En révélant ces secrets que je suis encore seule à partager avec les patients, je risque gros : j'ai commis un acte fautif en relâchant ma vigilance pendant le concert, en abandonnant les malades au soin des seuls infirmiers, et je ferai immanquablement l'objet de sanctions disciplinaires… Toutefois j'essaie de ne pas écouter ce que je pense et j'appelle le capitaine Malgoire.

De leur côté, tant que les suites inéluctables de leurs aveux n'étaient pas concrètes, Martin et Richard pouvaient pavoiser. Mais je redoute le moment où la réalité va les rattraper à leur tour.

Quand Malgoire débarque avec un fourgon de la police, je le préviens :

— Allez-y doucement. Je crains un double suicide.

— Un mariage ?

J'ignore comment il peut avoir le cœur à plaisanter. Il doit être heureux de tenir son coupable. A chaque crime son auteur, comme dans ces exercices scolaires où il faut relier le sujet et le verbe. Ce serait donc aussi simple ?

Richard se rengorge.

— Je suis en état d'arrestation ?

Dans son cas, l'arrestation n'est qu'un état provisoire. Il intégrera désormais plus facilement une unité pour malades difficiles : son dossier passera sur le sommet de la pile, comme dans un tour de magie lugubre.

J'accompagne Malgoire pour apporter mon témoignage. Mon chef de service, Frossard, me regarde partir d'un air dubitatif, comme s'il n'était pas certain de me reconnaître. Je me souviens de notre première rencontre : j'avais été frappée par la photo de ses trois fils, posée en évidence sur son bureau. Elle n'était pas orientée vers lui mais complètement tournée vers les visiteurs, dos à lui, comme une petite affiche publicitaire de son bonheur familial. La suite avait confirmé sa conception plutôt extravertie de l'intimité (et plutôt hors du cercle familial). Mais ces pratiques avaient peu de chance, elles, de donner lieu à des peines disciplinaires.

2

POURVU QU'IL NE SOIT PAS MORT

Mon ambition est déflationniste. Mon ambition augmente moins vite que le désir des autres d'occuper ma place. Je vois bien, assise face aux membres du conseil de discipline, que je ne me justifie pas comme je pourrais le faire. Mon avocate a mendié une pièce, une toute petite pièce à verser au dossier, mais je ne lui ai rien donné.

J'inspire confiance, les gens n'hésitent pas à laisser leur sac à côté de moi quand ils partent aux toilettes, se dit la brave fille sans imaginer que la bombe explosera deux minutes plus tard. C'était aussi mon état d'esprit, juste avant que le flot de questions ne me fige, comme les clichés face et profil de la police, dans une posture de coupable.

Après tout, si j'ai laissé mes malades sans surveillance vingt minutes (ce qui constitue indéniablement une négligence coupable), le drame ne s'est pas produit dans ce laps de temps. Au contraire : en un quart d'heure, une mère a retrouvé son fils, une ex-mère l'espoir et une jeune femme un amoureux. Et puis mes patients n'étaient pas seuls : des infirmiers les encadraient.

En outre, c'est la responsabilité de l'établissement lui-même qui est engagée pour le défaut de surveillance de Richard, puisqu'il a pu quitter l'hôpital avant de commettre son crime. En HP, le principe constitutionnel de liberté d'aller et de venir est limité par le devoir de surveillance et de protection qui incombe bien à l'établissement.

Mais l'acte fautif dont je réponds aujourd'hui pâtit d'une confusion avec les événements graves qui ont suivi et de la suspicion que mes méthodes peu orthodoxes suscitent depuis toujours : l'expérience avec Bowie, le forum de discussion, mes réponses non exclusivement pharmacologiques aux affections chroniques.

Un membre du syndicat qui a bien voulu témoigner en ma faveur insiste sur la pénurie de médecins, la charge de travail, la désespérante logique gestionnaire du pouvoir administratif, la nécessaire prise en compte des sujétions particulières des psychiatres hospitaliers… Il est gentil mais ce n'est pas le problème. Jean-Patrick, lui, aurait pu utilement témoigner. Il était même le mieux placé, mais je parie que Chloé l'en a dissuadé.

Il n'a pas daigné me manifester le moindre soutien. Je crois que Jean-Patrick a résolu à sa manière le problème de la loyauté ("je suis loyal envers moi-même en respectant mon propre désir de sécurité et de tranquillité"). Je pourrais être amère. J'aurais pu l'aimer. Mais l'amour active ses propres anticorps. L'amour finit toujours par se suicider.

En réalité, je mens en partie : Jean-Patrick m'a bien appelée, une fois. Il m'a expliqué qu'il s'était senti manipulé. Par moi.

— Marianne, tu ne te rends pas compte de la manière dont tu traites les gens. Tu butines, tu jettes… Tu te crois tellement supérieure ? La seule chose que tu saches dire, c'est : bon, maintenant on passe à autre chose.

— Mon Dieu… Mais c'est tout le contraire qu'il fallait comprendre !

— Pourquoi alors ne pas avoir dit directement le contraire ?

Et il avait raccroché, furieux. Il y a pire qu'oublier les clés de sa maison de location lorsqu'on part en vacances : c'est de croire qu'on les a oubliées alors qu'elles sont au fond de son sac (on s'en aperçoit en revenant chez soi les chercher). Pareil en amour.

Quand je suis fatiguée, j'ai l'air d'avoir cent dix ans (ce qui est beaucoup pour mon âge). Ce que je ressens, c'est une fatigue libertaire, une nouvelle idée de la fatigue très éloignée du discours dominant. J'ai naïvement cru que les enregistrements du groupe de parole suffiraient à établir les responsabilités. A démontrer que les drames s'étaient déroulés sur d'autres terrains : conjugaux, familiaux, sociaux. Mais il aurait fallu que j'aie accès aux cassettes stockées à l'hôpital. Or, dès la révélation de l'affaire, j'avais été suspendue, avec interdiction d'accéder à mon bureau et à mes dossiers… C'était une mesure dite de sauvegarde.

Mais de sauvegarde de qui ? A la maison, il ne me restait qu'un enregistrement inconsistant contenant seulement des observations éparses sur Bowie. Il était dans ma blouse quand j'avais quitté le bureau et, depuis ma suspension, je l'écoutais en boucle, comme le seul repère tangible, le seul témoignage de mon expérience.

Je dois donc à présent me défendre sans preuve à l'appui. Je dois parler d'une vérité coulissante à une assemblée censée défendre la règle. Sait-elle que j'évolue dans un milieu rempli de circonvolutions, de réalités mouvantes qui apparaissent et disparaissent comme sous un éclairage stroboscopique ? Cela vaut-il la peine que je réexplique tout depuis le début ?

Cette année, lorsque mon père m'a annoncé qu'il prenait sa retraite, j'ai ressenti un très net relâchement interne, comme si ce n'était plus nécessaire que je travaille autant moi-même. Je n'en revenais pas. Je n'avais jamais vu les choses comme ça : mon investissement personnel, mes années d'étude... Qu'est-ce qui dépendait réellement de moi ? Allais-je pouvoir enfin faire la part des choses ?

J'ai donné tellement de temps à la médecine... Les gens me demandent souvent comment je concilie mes vies de mère et de femme qui travaille. La réponse n'est pas compliquée. Combien d'heures pratiquez-vous votre sport favori, lisez-vous, écoutez-vous de la musique ? Combien de temps passé à vous maquiller, à vous coiffer, à téléphoner à vos amis ? Supprimez tout. Annulez votre temps personnel.

Le sport n'est pas un grand regret, je l'avoue. Le sport n'est pas mon univers et il me le fait bien sentir. Mais le reste…

Bowie aussi a été exploité dans des tournées épuisantes par des producteurs qui s'en mettaient plein les poches. Et un jour, il a dit : stop, c'est pour moi. Dans un restaurant, ça veut dire qu'un convive paie l'addition pour tout le monde. Dans le cas de Bowie, ça voulait dire le contraire : désormais, l'argent serait pour lui.

J'aimerais le voir débouler dans cette salle en sauveur, comme dans le clip de *Modern Love* où il fonce vers le public pour se déhancher comme un gamin sexy. Coiffé en citron confit, habillé en bureaucrate de la City : c'est ainsi qu'il s'est lui-même décrit (je crois qu'il n'aime pas beaucoup cette période, même s'il a repris aux arènes de Nîmes d'autres chansons de ces années 1980 : *China Girl* et *Let's Dance*).

Mais aucun sauveur à l'horizon. L'heure du bilan est sans doute venue. Je ne regrette pas ces années (de toute façon, elles se seraient écoulées sans moi) seulement je ne me fais aucune illusion sur l'avis que va donner le conseil. L'exclusion temporaire semble inévitable. Je crains aussi d'être rétrogradée (image d'un groupe s'accrochant à mes pieds, au bord d'un précipice, pour me faire dégringoler). Les membres présents sont tous tenus au secret professionnel mais, quand nous sortirons de cette salle, j'aurai perdu l'estime de mes collègues et la confiance de mes patients.

Quel pouvoir que le leur ! Il paraît que Bowie a dit : "Ce n'est pas parce que Dieu n'existe pas qu'il faut prendre sa place." Je trouve que, décidément, il devrait s'exprimer plus souvent.

Ne me resterait-il alors qu'à prier ? Dans les chansons de Bowie, c'est vrai qu'il est souvent question de Dieu. Mais quand des Français entendent *God*, ils pensent à un truc vaguement sexuel. Au cours d'une interview accordée à Londres avant un concert, il expliquait qu'il n'était pas réservé, pas timide, juste *calme*. Etait-ce une référence implicite à *Space Oddity*, quand le cosmonaute confie qu'il se sent *très calme* (juste avant que la tour de contrôle n'annonce que quelque chose cloche, et que tout le monde comprenne que le major Tom ne reverra jamais la femme qu'il aime) ? C'est à la fois ma situation et mon état d'esprit. Au bord de la catastrophe mais placide (car à force d'avoir peur de tout on finit par n'avoir plus peur de rien).

Sur le plan personnel, j'assume ma vie sentimentale précaire, calamiteuse, indécente. La fraction de ma libido toujours en exercice, la fraction intacte qui palpite encore, se concentre sur une activité nocturne ou deux. Mais je suis toujours partante pour aimer un corps, n'importe lequel (pourvu qu'il ne soit pas mort). Car ma vie a sa ville basse, ses ruelles tortueuses et mal famées.

Parfois je me dis que ce n'est pas moi. Je ne ressemble plus du tout à la jeune femme que j'ai été. J'ai connu Adrien à vingt-sept ans et j'étais encore vierge. Quand il m'a quittée, il a repris une fille de vingt-sept ans. Il aura connu la part noble de la vie d'une femme (avant la ménopause, avant les fuites urinaires). Il a eu raison : mes cheveux restent beaux mais ma tête vieillit et, un jour, ils ne seront plus du tout coordonnés. Mes bras deviennent mous malgré les courses, l'aspirateur, la masse des corvées. Ma vie prend un nouveau sens : désormais, quand je regarde les photos de moi bébé, enfant, adolescente puis femme, j'ai l'impression d'assister à la lente gestation d'un monstre.

C'est pour ça qu'en amour il vaut mieux se mettre à son compte (alors que si vous voulez vous abonner, il vous en coûtera quinze euros les trois premiers mois, cent quatre-vingt-quinze les mois suivants) : plus d'angoisse de plaire, plus question d'assumer les mauvais choix ou les dettes des autres, plus aucun passif (et professionnellement j'ai l'impression que je pourrais bien prendre le même chemin : ouvrir mon propre cabinet de consultation).

Reste mon rôle de mère. Qui suis-je pour Victor ? Une sorte de puissance tutélaire qui lui apprend à se réfugier sous l'encadrement d'une porte en cas de tremblement de terre (peu de risques qu'il connaisse cette situation un jour) mais qui est muette sur la manière de trouver le bonheur (elle-même n'a pas d'idées).

Pourtant je l'aime. C'est mon fils et je ne crois pas aux coïncidences. Mais l'amour de nos enfants est une impasse. L'amour de nos enfants se retourne contre nous car il nous commande de les aider à se passer de nous. C'est la règle implacable.

A propos de la règle et de ses gardiens… le conseil me parle, pour ma désertion, d'acte manqué (la fameuse influence de la psychanalyse). Que dire plutôt de tous les actes manquants ? Ma défaillance est totale, sur tous les fronts. Je n'ai pas su gérer les dérapages cumulatifs des patients, j'ai présumé de mes forces.

A la fin de la séance, je remercie le conseil. Il faut toujours remercier ceux qui ne s'y attendent pas. Puis je rassemble mes pensées prématurément vieillies, mes pensées cérusées. Pas question que je remette les pieds dans mon service. Je vais demander ma mutation. J'imagine mes démarches auprès de confrères amis :

— Penses-tu pouvoir faire quelque chose ?

— Hmm… J'appuierai ta demande.

— Tu ne pourrais pas plutôt appuyer la réponse ?

Peut-être vaudrait-il mieux, effectivement, que je m'installe à mon compte comme médecin de ville.

Les membres du conseil de discipline quittent la salle en évitant mon regard. Je les comprends : est-ce que des types qui ont le cancer veulent voir un film dont l'héroïne meurt d'un cancer ? Nous sommes tous sur le même bateau. La défense de la psychiatrie hospitalière est une cause collective. Pour conserver des éléments brillants, l'hôpital autorise l'exercice d'une activité libérale, qui ne doit pas représenter plus de vingt pour cent de l'activité hospitalière (en réalité, c'est plutôt cinquante pour cent). Mais l'hémorragie de médecins hospitaliers continue. Qu'aurais-je risqué, si j'avais commis une faute en secteur libéral ? J'aurais été convoquée devant le conseil de l'ordre, qui m'aurait rappelé le code de déontologie et probablement sanctionnée. Oui, mais je suis praticien hospitalier et donc intouchable par le conseil de l'ordre. De ce point de vue, je bénéficie d'une sorte d'immunité. Autrement dit, j'ai de la chance.

Non.

La vie est ce qu'il y a de pire après la mort. Mais pourquoi ai-je l'impression que l'histoire n'est pas finie ? Que les dénouements ne sont jamais de vrais dénouements ? Que le crime qui m'arrachera des larmes va seulement être commis ? Drôle de sensation.

1

ÉCHECS

— Maman… J'aime une fille et je découvre qu'elle existe en double.

— Ah oui, la pharmacienne a inscrit ses jumelles à l'école… A propos, comme tu n'avais plus deux chaussettes assorties, je t'en ai acheté trois paires.

— C'est tout ce que tu as à me dire ?

Je ferme la porte de ma chambre. J'ouvre mon cartable qui sent tellement la banane que, dès que je vois une banane, je pense à mon cartable. Je récupère un biscuit écrasé au fond et je le grignote. Mais au dîner je n'aurai pas faim.

Maman entre sans frapper.

— Bon, on va chez le docteur ? Tu es prêt ?

— Oh, non !

— Tu ne t'en souvenais pas ?

— Si, mais je pensais que, toi, tu avais oublié.

Elle met une heure à se préparer alors j'ai quand même le temps de jouer.

— Victor ! Il faut qu'on file si on ne veut pas être en retard. Tu peux m'aider à chercher les clés de la voiture ?

— OUI !

— C'est gentil mon grand… Mais ! Ah non, c'est quoi ?

Maman a buté sur un de mes petits pions. J'ai placé dans tous les coins de la maison les pièces de mon jeu d'échecs et je leur ai donné l'ordre de retrouver les clés.

Maman décide de rigoler :

— Tu déploies tes troupes ?

Je ne réponds pas parce que je ne comprends qu'un tout petit peu la question.

— Décidément, je ne les vois nulle part. Ce n'est pas grave : de toute façon, on va bientôt devoir vendre la voiture, alors autant prendre l'habitude de se déplacer à pied.

Dommage : j'ai retrouvé les clés mais je ne peux rien dire car je n'ai pas le droit de fouiller le sac de maman. Dans son sac, il y a : des mouchoirs en papier, sa Carte bleue, son maquillage, du scotch, des bijoux avec des perles fragiles, des enveloppes, des médicaments, des trombones, du sucre en mor ceaux, un porte-monnaie, une brosse, du chewing gum, un téléphone, une cassette et les clés.

Du coup on doit marcher, mais on le fait à toute petite vitesse.

— Arrête de frotter tes chaussures par terre ! elle me répète chaque minute.

— C'est pas ma faute : c'est le sol qui est trop haut.

On passe devant les magasins sans s'arrêter.

— Regarde, maman, une poupée avec dans ses bras une poupée.

— C'est la Vierge à l'Enfant Jésus.

— Ah, oui... Mais Jésus, c'est pas le fils de Dieu. Je le connais son papa : je l'ai en fève.

J'aimerais bien prendre un taxi. Un taxi, c'est comme une voiture, sauf qu'il y a un petit mot dessus avec écrit : taxi. Mais maman préfère marcher en discutant.

— Tu as bien mangé ce midi ?

— Non. Les pommes dauphines de la cantine, elles sont encore moins bonnes que les tiennes.

— Et le poisson ?

— Comment tu sais... ?

— Parce que je suis très douée.

— Oh, maman, dis-moi la vérité !

En fait, j'ai compris : le menu est affiché sur la porte de l'école.

Ouf, on arrive. Maman reste dans la salle d'attente et je choisis le fauteuil qui tourne, juste en face du bureau. La dernière fois, j'ai fait au moins soixante-dix tours complets. Je sais compter jusqu'à dix mille et même jusqu'au dernier chiffre.

Le docteur m'explique que maman est inquiète parce que je ne mange rien. Il me fait dessiner. J'ai une super idée de géant avec des dents en avant et des crottes de nez profondes. Je montre au docteur que mes dents du haut prennent la direction d'un avion qui décolle. Mais il s'en fiche parce que c'est pas un docteur des dents. Puis je prends une autre feuille et je dessine un dauphin.

— Encore un dauphin ? Tu aimerais être un dauphin ?

Il ne comprend rien. Je ne veux pas être mon animal préféré. Ce que je veux, c'est être sauvé par un dauphin. Et je ne peux pas être sauvé par moi-même.

Le docteur décide de me lire un conte de Jacques Salomé : *Le petit garçon qui voulait mourir aujourd'hui parce qu'il ne voulait pas mourir quand il serait grand*. Ensuite, il me demande mon avis. Alors je réponds :

— Je le comprends, parce qu'il veut commencer par le plus dur. Comme moi quand je commence à manger les courgettes et que je finis par le steak haché.

— Ah… Tu manges un peu tout de même… Tu peux me parler de tes rêves ?

— Je rêve de zéro. Ça veut dire de rien.

Quand le docteur me rend à maman, il lui dit qu'on "a bien progressé tous les deux", et je me demande s'il se moque de moi ou quoi. Ensuite il garde maman seule cinq minutes pour qu'elle lui donne les petits sous. Au retour, elle oublie complètement de me gronder parce que mes pieds traînent.

A la maison, je lui dis que je me sens fatigué.

— Je ne peux pas enlever mon pull. J'ai les bras trop petits.

Alors gentiment, maman m'aide et me porte dans mon bain. J'aime bien la mousse dans le cou. Mais qu'est-ce qui attire mon zizi vers ma main ?

Maman me dit de penser à des choses gaies, des choses que j'aime. J'imagine une sucette plantée dans le savon.

— Dis maman, tu as déjà fait l'amour avec papa…

— Euh… oui.

— J'en étais sûr !

Quand je sors du bain, elle m'attend.

— Victor ? Viens te brosser les dents. Je vais le faire en même temps que toi.

— Bip. Vous êtes sur un répondeur. Laissez un message…

— Attention, Victor : ne viens pas me voir ensuite en me disant que tu as mal, car ça fait très mal, les caries.

— Ben des fois, j'ai beaucoup moins mal que ça et je viens te voir quand même.

Maman pose sa brosse électrique sur son socle pour la recharger. Moi aussi, pendant ce temps, je me recharge sur mes chaussons.

Puis elle va dans ma chambre et tout de suite elle se met à crier, en voyant Parano qui flotte sur le dos.

— Si tu ne t'occupes pas de ton poisson rouge, je le rejette dans la mer.

— Mais c'est un poisson d'eau douce !

— Je sais.

Déjà fini, la maman gentille. Heureusement qu'elle n'est pas souvent à la maison. Rose, elle est beaucoup plus gentille. Rose ne me gronde jamais. En plus, elle m'a promis de m'emmener chez une autre dame adorable qui est triste parce qu'elle a perdu son bébé, peut-être dans la forêt… Tous les trois, on va partir en grandes vacances. Chaque fois qu'elle vient faire le ménage, Rose emporte de petites choses qui me serviront, comme des chaussettes.

Je donne deux graines à Parano et je rejoins maman dans la cuisine.

— Avant, papa me racontait une histoire, et après c'était toi. Tu t'en souviens ? C'était l'année dernière, l'année dernière, l'année dernière.

— Tu veux dire : il y a trois ans ?

— Oui.

Maman met la table et nous sert. Elle se fait du souci pour son travail. Elle est encore moins libre pour moi depuis qu'elle cherche dans toute la France un hôpital qui lui dira oui. Moi, je trouve qu'elle a de la chance : quand je serai grand, j'aimerais bien qu'on me dise non pour travailler. Et tant que je suis petit, j'aimerais bien que l'école me dise non aussi.

— A la place du poisson rouge, je voudrais un serpent. Tu sais, un serpent, c'est un animal qui a un cou qui fait tout son corps. Je m'en occuperai bien, c'est promis.

— Tu veux rire ?

— Oui. J'aimerais bien parce qu'on rit jamais avec toi… Porte-moi sur tes genoux.

— Mais je mange !

— C'est pas grave : je te servirai de bavoir… Maman, je t'aime.

— Hmmm…

— Tu m'aimes aussi, je suppose ?

— Oh oui, mon lutin…

Avant, elle ne le disait jamais. Je pleure de joie, mais que d'un œil.

RAPPELS

Je sors du lit d'Etienne pour fumer dans le couloir. L'aube dessine déjà de grands carrés pâles sur le linoléum. Mes poignets sont rouge sang.

Je sais ce qui peut rendre masochiste : c'est quand, petit, on veut faire concorder l'amour de son père avec la douleur des coups. Aimer souffrir devient la seule solution.

Parfois je me demande jusqu'où je pourrais aller. La mort ?

— Tiens, salut Richard.

TABLE

BABEL NOIR

Extrait du catalogue

475. JEAN-PAUL JODY
Parcours santé

479. ÉRIC LEGASTELOIS
Adieu gadjo

487. DOMINIQUE LEGRAND
Décorum, journal d'Alexandre Davos assassin

491. FRANCIS ZAMPONI
Le Don du sang

1. FIRMIN MUSSARD
Fausse passe

2. ALAIN WAGNEUR
Terminus plage

3. PHILIPPE COLIN-OLIVIER
Festival de Came

4. PASCALE FERROUL
David sur ordonnance

5. MAURICE ATTIA
Alger la Noire

COÉDITION ACTES SUD - LEMÉAC

Achevé d'imprimer en janvier 2006 par Bussière à Saint-Amand-Montrond (Cher) sur papier fabriqué à partir de bois provenant de forêts gérées durablement (www.fsc.org) pour le compte d'ACTES SUD, Le Méjan, Place Nina-Berberova, 13200 Arles. Dépôt légal 1re édition : février 2006. N° impr. : 054811/1.
(Imprimé en France)